D1663575

Marco Ivelj

──── NEOMAT ────

WER VERSTEHEN WILL,
MUSS STERBEN LERNEN!

novum pro

Bibliografische Information
der Deutschen Nationalbibliothek:

Die Deutsche Nationalbibliothek
verzeichnet diese Publikation in der
Deutschen Nationalbibliografie.
Detaillierte bibliografische Daten sind
im Internet über
http://www.d-nb.de abrufbar.

© 2010 novum publishing gmbh

ISBN 978-3-99003-227-5
Lektorat: Mag. Petra Wieser
Innenabbildungen: Joe Mangen

Die vom Autor zur Verfügung
gestellten Abbildungen wurden in der
bestmöglichen Qualität gedruckt.

Gedruckt in der Europäischen Union
auf umweltfreundlichem, chlor- und
säurefrei gebleichtem Papier.

www.novumpro.com

AUSTRIA · GERMANY · HUNGARY · SPAIN · SWITZERLAND

DANKSAGUNG

Hier möchte ich gerne
ein paar besonderen Menschen danken.

An erster Stelle danke ich meiner besten Freundin:
Ohne dich wäre dieses Buch wohl niemals entstanden.
Danke, Sara!

Danke, Joe!
Für die vielen Ideen und die nächtelangen Diskussionen.

Danke, Jennifer!
Auch von dir kamen nicht wenige Ideen.

Danke, Jean-Paul,
für die Motivation und die Unterstützung bei diesem Werk.

Und vielen Dank auch an
„Payne", aka Joe, für die Bilder.

INHALTSVERZEICHNIS

WILLKOMMEN NEOMAT

oder: Wie alles beginnen könnte

Nun steh ich also hier oben auf meinem persönlichen Höhepunkt. Dem Gipfel als Ziel der Suche, doch gefunden habe ich nichts. Mein Blick geht vom Himmel aus nach unten hin zu etwas, was von hier wie eine Armee von Ameisen aussieht. Eine wie die andere, von hier oben vermag man keinen Unterschied zu sehen. Mir scheint es, als würden alle Augen nur zu mir emporsehen und darauf warten, dass ich meine Stimme erhebe und zu ihnen spreche. Ich höre den Wind und vernehme die Schreie, die vom Tale her zu mir schallen. Ich schließe die Augen. „Endlich, da ist er. Unser Messias. Unsere Rettung. Unsere Hoffnung auf eine bessere Zukunft. Unser Erlöser!" Nach dem Ertönen dieses letzten Namens hebe ich meine Hand und wie durch Zauberei kehrt totale Stille ein. Die Menge verstummt. Ich drehe mich um und kehre der Masse den Rücken. Nähere mich langsam dem Abgrund. Atme tief ein, tief aus und lasse mich fallen. Als ich in die Tiefe stürze, den Wind spüre, wie er den Fall leicht abbremst, läuft alles noch einmal an meinem inneren Auge vorbei. Ich öffne die Augen wieder und mit eiskaltem, zufriedenem Grinsen flüstere ich: „Zu früh gefreut …"

DAS ENDE

Die Welt muss zugrunde gehen. Die Hoffnung stirbt zuletzt, und wenn ich dafür vor ihr sterben muss, dann soll es so sein, dann springe ich gerne in diesen Abgrund. In den Abgrund, wo die Menschen sich schon seit langer Zeit aufhalten. Sie wollen alle in den Himmel, doch graben sie sich immer weiter zur Hölle durch. Niemand kann sie aufhalten, denn sie tragen die Krone der Schöpfung. Und doch sind sie ganz unten und glauben, das Maß aller Dinge zu sein. Sie greifen nach den Sternen, doch das einzige Licht, das sie ertasten, ist die 40-Watt-Birne ihrer verstaubten Wohnung. Das Licht zieht sie an wie Motten und genau wie diese verbrennen sie sich immer wieder die Finger. Der Schmerz erinnert sie dann für einen kurzen Moment daran, wie vergänglich ihr erbärmliches Dasein doch sein kann. Verwirrt legen sie sich dann gemütlich ins warme Bettchen und träumen von einer besseren Welt, während noch im gleichen Moment irgendwo in der Kälte jemand darum betet, überhaupt die Nacht zu überstehen. Die Sonne geht auf und alles nimmt wieder seinen gewohnten Gang. Vorwärts. Abwärts.

Ich würde mich ja vorstellen, doch trage ich nicht wie ihr einen Namen. Namen sind nur da, um zu kennzeichnen, zu klassifizieren und zu katalogisieren. Alles wird schön geordnet, denn ihr fürchtet euch. Ihr fürchtet euch vor dem, was ihr nicht kennt und nicht erklären könnt. Ihr fürchtet euch vor Ungewissheit und vor Zweifel. Angst, es ist Angst, die euch ein treuer Begleiter auf dem Weg zum Menschen ist. Sie treibt euch an, motiviert euch, schützt euch. Ihr gebt ihr immer wieder Namen, sucht nach Erklärungen und Antworten, sucht nach Schutz und Hilfe. Ihr sucht ein Leben lang nach etwas, das ihr selbst versteckt habt. Ihr versteckt alles hinter Namen und Beschreibungen und irgendwann kommt unweigerlich die Frage nach dem Sinn. Auf einmal steht ihr vor dem Nichts und alles um euch herum ist schwarz und leer. Wer sich in die Dunkelheit begibt, darf sich nicht wundern, dass sein Blickfeld eingeschränkt ist. Haltet ihr euch aber lange genug in dieser Finsternis auf, so gewöhnen sich eure Augen vielleicht irgendwann daran und durch einen kleinen Lichtschimmer findet ihr eure Antworten. Ich bin so ein Lichtschimmer. Ich bin einer von denen, die gelernt haben, auch ohne Augen zu sehen.

Ich bin ein Neomat.

Die Erben eurer Schöpfung, eure Thronfolger. Die Antwort auf all eure Fragen und die logische Folge auf euch Primaten. Kein Mensch in eurem Sinne. Nur ein weiteres Tier mit einer gefährlichen Ähnlichkeit zum Menschen. Ich lernte eure Sprachen, lernte wie ihr zu denken und gleichzeitig lernte ich, dass alles, was euch betrifft, nur Schein ist. Ich kenne also alles, was euch ausmacht, doch ist es keinesfalls für mich von Bedeutung. Geleitet von neuem Denken bin ich das, was ihr insgeheim fürchtet und verehrt. Ich bin keineswegs euer Alpha und Omega, nie im Leben bin ich euer Messias und schon gar nicht euer Erlöser. Ich bringe euch keinen Trost, keine Hoffnung, keinen Glauben und keinen Frieden. Ich bringe euch hier nur eine ausgestreckte Hand. Ergreift sie und folgt mir ins tiefe Schwarz eurer Seelen. Erkundet mit mir eure Abgründe und ersteigt mit mir eure Höhen. Lernt mich zu verstehen und lernt   Neues Denken.

Ich erzähle hier keine Lügen und tische euch auch keine Märchen auf. Schenkt mir keinen Glauben, mit dem kann ich nichts anfangen. Schenkt mir viel lieber ein wenig Vertrauen! Ihr sollt lernen, dass eure Zeit längst gekommen ist. Sterben müsst ihr! Sterben und neu auferstehen. Wie ein Phönix sollt ihr in der Dunkelheit in Flammen aufgehen und euch selbst aus der Asche eurer Vergangenheit neu gebären.

Ich war einst ein Mensch wie alle andern auch. Ordinär, normal, zufrieden mit dem, was ich hatte, und täglich gut gelaunt. Glaubte an Gott, die Liebe, an Hoffnung und an ein Leben nach dem Tod. Mit der Zeit änderten sich einige Einsichten, hier und da war ich auch mal anderer Meinung. Stellte Fragen, bekam aber immer nur oberflächliche Antworten. Eine Antwort gefiel mir damals am besten: „Das ist nun mal so!" Ja, es ist nun mal einfach so. So wuchs ich auf und so lebte ich, mit der Gewissheit, dass manche Dinge einfach immer Bestand haben werden und dass sich nie etwas ändern wird. Diese Stabilität und Gewissheit ließ mich am Abend ins Bett fallen und am nächsten Morgen wieder aufstehen. Ich fühlte mich sicher, geborgen und diese Tatsache zu hinterfragen, wäre ein Verbrechen gegen die Menschlichkeit gewesen. Hätte ich es doch getan, was wäre aus mir geworden? Ein Unmensch? Was sind Unmenschen? Mörder, Vergewaltiger, Kinderschänder? Natürlich! Aber um genauer zu sein, ist alles und jeder, der nicht wie ein Mensch denkt und handelt, automatisch ein Unmensch.

Einst quälte mich die Frage, warum so viele Menschen der Überzeugung sind, keine Tiere zu sein. Die Antwort: Sie hätten schließlich einen Verstand. Tiere haben so was ja nicht, oder? Der Mensch ist ein äußerst konkurrenzunfähiges Tier. Da fällt es sicherlich leichter, die Konkurrenz in Zoos einzusperren. Macht ihr das auch mit neuen Wesen? Wird man in ein paar Jahren auch Neomaten in den Zoos antreffen? Mit der Aufschrift „Bitte nicht zuhören!". Wundern würde es mich ja keineswegs.

Ihr habt richtig gelesen. Ich bin nicht der einzige Neomat, jedoch sind wir sehr selten anzutreffen. Wer will es uns verübeln? Wir müssen uns anpassen, denn wenn man unter Menschen leben will, muss man sich an ihre Marotten und Gesetze anpassen. Wenn das Herrchen zum Hund „Sitz" sagt, muss der Hund sich hinsetzen, sonst fliegt er im hohen Bogen wieder ins Tierasyl und ein besseres „Modell" muss her. Wir beobachten euch und wir wirken wie ihr alle auch, ganz normal. Wir sind Meister darin, euch in eurer Welt etwas vorzuspielen. Euch vorzumachen, alles sei in Ordnung, lernt man doch bei euch Menschen, wenn man euch nur lange genug zusieht. Wie oft kommt es vor, dass euch tiefster Schmerz und Kummer den Verstand rauben, ihr aber bei der nächstbesten Gelegenheit auf die Frage „Wie geht's?" mit einem einfachen und doch schon heuchlerisch arglistigem „Muss halt so!" antwortet. Es soll ja keiner merken, dass ihr verletzlich seid. Die Schwachen gehen unter. So war es noch immer. Der Stärkere gewinnt und überlebt. Nun, wir Neomaten lügen euch ein Leben lang an und spielen euch vor, auch nur Menschen zu sein. Wir hegen keine bösen Absichten und tun das auch nicht aus Lust und Laune. Wir müssen es einfach tun. Jeder eurer Bekannten könnte einer sein. Euer bester Freund, eure freundliche Nachbarin, der nette Postbote, der mürrische Alte im Café, der jeden Tag um die gleiche Uhrzeit die Zeitung liest, der Pizzabote, der euch verflucht wegen zu wenig Trinkgeld, ja selbst der Pastor in der Sonntagsmesse. Wie erkennt man jetzt so einen Neomaten? Ganz einfach: gar nicht! Es ist unmöglich, einen Neomaten ausfindig zu machen, wenn dieser es nicht von selbst zulässt. Spricht man jetzt mit jemandem darüber, wird das darauf folgende Gespräch ein totales Musterbeispiel an Zeitverschwendung. Die Tatsachen, schön auf dem Tisch ausgebreitet, werden mit nacktem Zeigefinger schön eingehämmert und alle Fragen werden durch knallharte und absolut bodenständige Argumente eingedampft. Solche Gespräche erleben Menschen in der Regel öfters. Es sind die Gespräche, die den Charakter formen und Meinungen bilden. Sie sind schuld an der momentanen Situation. Dadurch, dass es für alles auf dieser Welt eine eindeutige, unwiderlegbare Wahrheit und Erklärung gibt, ist der Mensch imstande, auch jetzt wieder einmal in Ruhe schlafen zu gehen.

Als Neomat kann ich euch sagen, ich mag diese Art, euch Menschen zu manipulieren. Euch einfach das zu erzählen, was ihr eigentlich hören wollt, euch auf den einfachsten Weg zu lenken und euch jegliches Nachdenken zu ersparen. Dankend werdet ihr mir nach und nach alles glauben. Ihr werdet mir zustimmen, mir recht geben, zu mir halten und mich ab und an mal in etwas schwierigeren Situationen um Rat fragen.

Doch genug erst mal. Kommen wir zu einer Frage, die wohl schon des Öfteren aufgetaucht ist: „Was ist denn nun genau ein Neomat?"

Nun, damit man sich ein grobes Bild machen kann, muss man alles einfach so akzeptieren, wie es klingt. Vielleicht wird ja später, wenn der „Aha-Moment" einsetzt, alles viel klarer und vielleicht, ja vielleicht, wollt ihr dann auch den Schritt zum Neomaten wagen und selbst irgendwann einer werden.

Geboren als Mensch, aufgewachsen unter Menschen, ist ein Neomat doch niemals ein Mensch in eurem Sinne. Ein Wesen ohne menschliche Züge. Ein Ding ohne Gewissen, Moral, Ethik und Gefühle. Weder Trauer noch Freude pflastern unseren Weg. Nie gab es für uns nur zwei Seiten in dem Spiel, das ihr Leben nennt. Nie gab es dieses Spiel. Es gab nie Gut, nie Böse, nie Falsch, nie Richtig. Alles ist immer nur ein Gespinst aus Gedanken und Erfahrungen. Vergangenheit, Zukunft, Gegenwart, alles Wörter ohne weiteren Einfluss. Wir bestimmen selbst, wer wir waren, wer wir sind und was wir sein wollen. So sind unsere Gedanken im Gegensatz zu euch Menschen frei. Unsere Gedanken drehen sich nicht im Kreis um eine Sache und sind nicht durch Prinzipien, Glaubenssätze und Richtlinien gebunden. Wir klammern uns nicht an das Leben, und wenn wir sterben, sind wir einfach nicht mehr da. Zugegeben, wir haben es nicht leicht. Diese Welt wird von euch regiert. Sie gehört euch, sie liegt euch im wahrsten Sinne des Wortes zu Füßen. Wir müssen uns anpassen, wenn wir überleben wollen. So ist zum Beispiel dieses Buch in einer eurer Sprachen geschrieben. Das Positive daran ist, wir müssen keine eigene Sprache erfinden, um uns zu verständigen. Wir können es uns einfach machen, indem wir das, was ihr schon vorbereitet habt, einfach ausnutzen. Wir besitzen eine Art Mimikry, wir wissen ganz genau, was ihr hören, sehen und fühlen wollt, und spielen euch genau das vor. Solange euer Blick auf eure eigene kleine Wirklichkeit beschränkt ist, werdet ihr niemals an uns zweifeln. Wer misstraut schon seinem besten Freund? Seiner Ehefrau? Seinen eigenen Geschwistern? Viele von euch glauben bedingungslos an einen Gott, an außerirdische Lebensformen, an Monster oder daran, dass alles irgendwann besser wird, aber könnt ihr euch einen Menschen vorstellen, der nichts Menschliches mehr an sich hat? Wir existieren und unsere Zahl wächst. Ich weiß, dass wir euch Menschen in vieler Hinsicht überlegen sind. Es ist wie in einem Spiel, um besser zu werden als der Beste, muss man erst einmal so gut werden wie der Beste. Ihr habt uns in dieser Hinsicht sehr geholfen, weil ihr uns als Menschen aufgezogen habt. Ihr halft uns so zu werden wie ihr und nun stehen wir über euch. Der Schüler wird selbst zum Meister. Wir sind keine Außerirdischen, keine Aliens, keine Roboter. Wir sind eure Schöpfung. Ihr habt uns erschaffen und auch wenn es vielleicht etwas zu überheblich klingt, so ist es doch wahr, dass ihr nun zugrunde gehen müsst. Diese Welt kann nur überleben, wenn sie die Menschen überlebt. Den ersten Schritt dafür machen wir! Wir werden keinen Krieg gegen euch führen, denn das wäre nur wie Schädlingsbekämpfung. Wir sind die Neomaten. Wir sind die Zukunft. Wir sind unter euch.

KAPITEL 1

MENSCHEN

oder: Die Steine auf dem Weg zur Besserung

Wer hoch hinaus will, kann tief fallen. Doch wer denkt, dass der Boden des Abgrundes das Ende sei, der hat nur noch nie versucht, weiter zu graben. Die Wege, die ich ging, führten über Berge und Täler und überall, wo ich war, wart auch ihr. Menschen bevölkern die ganze Welt. Alle sind für sich genommen einzigartig und doch sind sie alle gleich. Sie dienen einem größeren Zweck. Ich sehe in euch in etwa so was wie Legosteine, in Farbe und Größe verschieden, dienen sie doch nur dem Ziel, etwas noch Größeres zu erschaffen. Sie sind ein notwendiges Material und ist das Ende erst erreicht, reißt man alles wieder ein und baut etwas Neues. Wenn ich euch also um eure Träume und Hoffnungen bringe, dann nur, weil ich dieser einen Meinung bin: „Danken müsstet ihr demjenigen, der euch eurer Zukunft beraubt, denn sie sieht nicht gut für euch aus …“

Ich sah all die Kriege und all das Leid. Kummer und Elend, wohin das Auge reicht. Ich sah, wie Menschen geboren wurden und wieder starben. Ich sah neue Technologien entstehen und veralten. Ich sah, wie man Herrscher wählte und wie deren Epoche zu Ende ging. Ich sah Sieger und Verlierer. Ich sah, wie man Bücher schrieb und verbrannte. Ich sah schon so vieles, doch in all der Zeit war die Dummheit der Menschen die einzige Konstante!

ALLGEMEIN

Ihr seid schon eine merkwürdige Schöpfung. Ihr habt Ohren, mit denen ihr bestimmte Laute verstummen lassen, und Augen, mit denen ihr bestimmte Dinge ausblenden könnt. Alles zum Wohle eurer Rasse oder sollte ich besser sagen zur Selbsterhaltung eurer Person. Ihr versteckt euch hinter Masken und leeren Phrasen. Richtet euch und euer Leben nach Regeln, Gesetzen und Richtlinien aus. Schwört auf Tugenden, predigt Moral, verachtet alles, was gegen eure Prinzipien verstößt, und tut alles, um unabhängig und frei zu sein. Seid Individuen ohne eigenen Charakter und ohne eigene Meinung. Teilt euer Leben gerne mit Gleichgesinnten und heuchelt aller Welt Glück vor, auch wenn es euch von innen her auffrisst. Ihr schwört darauf, dass man aus Fehlern lernt, und scheitert trotz allem immer wieder an den gleichen Problemen. Durch Naivität und Hoffnung geblendet, stolpert ihr über Steine, die ihr euch selbst auf den Weg legt. Hilfe akzeptiert ihr dankend, doch Ratschläge entschwinden euren Köpfen schneller, als manch einer bis drei zählen kann. Es kommt mir so vor, als hätte fast jeder Mensch ein Brett vor den Augen und die Entfernung von Kopf und Brett bestimmt dann den Horizont. Es soll aber auch Leute geben ohne ein solches Brett, diese Leute haben dann aber leider meistens einen Horizont mit dem Radius null und nennen das dann ganz stolz ihren Standpunkt. Alle wollen sie Beständigkeit, Stabilität und Sicherheit, aber nichts im Leben hat Bestand, das zeigt alleine schon die Tatsache, dass man im Laufe seines Daseins eine Vielzahl an Gegebenheiten verliert. Obwohl ihr immer wieder Dinge verliert, seien das nun Gegenstände, Personen, Tiere oder gar Erinnerungen, klammert ihr euch an das, was euch geblieben ist. Ich kann nicht in die Zukunft sehen, aber bei einem bin ich mir sicher: Auch das, was ihr jetzt noch als unvergänglich betrachtet, wird euch früher oder später verlassen! Ihr werdet es verlieren und das ist, auch wenn ihr es jetzt noch nicht einsehen wollt, vollkommen notwendig! Nichts war, Nichts ist, Nichts bleibt! So und nicht anders sieht die Welt aus. Doch wo Nichts ist, kann man erschaffen, was immer einem beliebt. Wie der Maler mit dem Pinsel auf einem weißen, leeren Blatt Papier ein Kunstwerk erschafft, so kann man seine eigene Welt kreieren und das ganz ohne Pinsel, es reichen alleine die Gedanken. Diese Gedanken jedoch dürfen nicht eingeschränkt nutzbar sein. Solange ihr euch durch die Gesellschaft definiert, so lange hängt ihr an Kreuz und Garn und so lange seid ihr in allem eingeschränkt!

MARIONETTEN

Der Mensch ist von Geburt an dazu bestimmt, eine Marionette zu sein. Er wird quasi mit Kreuz und Garn geboren. Wenn auch anfangs alles neu erscheint, so wird schnell klar, dass man zum Überleben sich der Masse beugen muss. Man lernt lieber die gleiche Sprache wie der Umkreis, in dem man sich befindet, und man bezeichnet lieber alles so, wie man es eingetrichtert bekommt. Kommunikation wird zum notwendigen Übel in zwischenmenschlichen Beziehungen und all das Benehmen und Agieren in der Gesellschaft wurde lange vorher schon vom Elternhaus geprägt. Es wird immer eine höhere Macht geben, die an euren Fäden zieht. Sind das anfangs nur die Eltern, so sind es später Lehrer, Chefs, die Justiz. Sogar Gott spielt hier eine Rolle als Puppenspieler. Da kann man sich ja unter anderem die Frage stellen, wieso die Christen gerade ein Kreuz als Symbolik gewählt haben. Doch ich schweife ab. Sollte man es schaffen, aus irgendwelchen Gründen die Puppenspieler zu enttarnen und zu verjagen, so bleibt das Problem trotz allem bestehen, denn nun seid ihr es selbst, die an euren Fäden spielen. Ob ihr es nun verstehen wollt oder nicht, doch dann steht ihr euch im wahrsten Sinne des Wortes selbst im Wege. Ihr könnt zwar versuchen euer Leben einigermaßen selbst zu bestimmen und euch auf neue Wege zu leiten, doch werdet ihr mit Sicherheit feststellen, dass nicht alles so funktioniert, wie ihr euch das anfangs gedacht habt. Das liegt ganz einfach an eurer Erziehung. Sie zwingt euch praktischerweise immer zu etwas, wovon meiner Meinung nach eigentlich jeder Mensch betroffen ist und was ganz dringend näherer Beschreibung bedarf.

SELBSTTÄUSCHUNG

Schon merkwürdig, wozu der Verstand fähig ist, wenn es gilt, die eigene Person zu schützen, auch wenn man sich nur vor sich selbst beschützt. Ob es nun eine kleine Notlüge oder gar eine lebensverändernde Handlung ist, früher oder später tut es jeder Mensch. Ich habe in all den Jahren keinen Einzigen kennengelernt, der es nicht tut, und einige tun es sogar recht häufig, ja sogar mehrmals am Tag. Sich selbst belügen gehört mittlerweile zum guten Ton, könnte man meinen. Würde man mich nach einer passenden menschlichen Bezeichnung fragen, käme mir am ehesten das Wort „traurig" in den Sinn. Wer der Meinung ist, der Mensch selbst bestimme sein Umfeld, der irrt, das Umfeld bestimmt den Menschen. Nun, da ihr doch auch nur Tiere seid und etliche Gemeinsamkeiten aufweist, so ist es nun mal gegeben, dass ihr auch nur in einer Herde leben wollt. Und die Herde wählt ihre Schafe. Das Schaf nicht die Herde. *„Willst du es im Leben leicht haben, so bleibe immer bei der Herde."* – *F. W. Nietzsche.* So eine Herde hat aber ihre eigenen Gesetze und Regeln und wer denen nicht nachkommt, der fliegt im hohen Bogen raus. Die Selbsttäuschung hilft sehr dabei immer schön ein Herdentier zu bleiben. Hierzu ein recht banales Beispiel: Angenommen die Lieblingsfarbe jedes Mitgliedes dieser Herde sei „Rot" und nun kommt einer, dessen Lieblingsfarbe aber „Blau" ist. Wird er nach dieser befragt, so muss er lügen, um weiter der Herde anzugehören. Mit der Zeit, wenn er öfters eine „falsche" Antwort gegeben hat, wird er wohl selbst glauben, dass sich seine Lieblingsfarbe geändert hat. Man sieht, die Selbsttäuschung hat perfekt funktioniert, um den „Status quo" weiterhin aufrechtzuerhalten. Immer wenn ich bei einem Menschen höre, dass er Ehrlichkeit und Wahrheitstreue als Pflichttugend ansieht und andere verachtet, die diese Tugenden nicht schätzen, dann würde ich am liebsten mein Mittagessen wieder hochwürgen. Ihr wollt Ehrlichkeit und belügt euch meist sogar noch im selben Moment selbst? Nennt ihr so was nicht „Heuchelei"? Was noch viel schlimmer ist: Diese Selbsttäuschung perfektioniert ihr in einem solch hohen Grad, dass sie in vielen

Fällen schon rein unbewusst funktioniert. Gute Beobachter bemerken so was daran, dass das Handeln der Person nicht mit dem Gesagtem übereinstimmt. Ironischerweise basiert dieses „Ich-belüge-mich-selbst-Prinzip" auf der gleichen Ursache, die auch euer ganzes anderes Handeln erklärt.

EGOISMUS

Schön zu sehen, dass wenigstens eine Eigenschaft an euch Menschen doch zu etwas zu gebrauchen ist. Gut, dass jede Erziehung euch lehrt, euch zwischen zwei Seiten zu entscheiden. Genau an dem Punkt, wo ihr eure Entscheidung trefft, sieht man euer wahres Gesicht. Jede, ja einfach jede dieser Entscheidungen fällt ihr zum Wohle eurer eigenen Person! Alles Handeln eurer Spezies beruht mehr oder weniger immer auf Egoismus. Ihr seid euch selbst die Nächsten und eure Taten, so altruistisch sie auch sein mögen, dienen nur dem Zweck eurer Befriedigung. Sei es nun zum eigenen Vergnügen, der Anfang oder das Ende einer Beziehung oder gar der Verlust eines geliebten Menschen, jedes Mal handelt ihr egoistisch! Ihr geht mit Freunden aus, damit *ihr* euch amüsiert. Ihr geht eine Beziehung ein, damit *ihr* euch nicht so alleine fühlt. Ihr trauert um jemanden, weil *ihr* jemanden verloren habt. Jedes Mal dreht sich alles nur um euch. Wenn dem nicht so wäre, würdet ihr auch gut zu Hause alleine rumsitzen können, bräuchtet nie einen Partner und würdet auch nie wieder aus dem Heulen rauskommen, weil schließlich jede Sekunde Dutzende Menschen sterben! Ihr Menschen tut gut daran, wenn ihr euch diese eine Eigenschaft zunutze macht. Ich kann rein gar nicht verstehen, warum der Egoismus unter euch Menschen so missachtet wird. Ihr mögt keine Leute, die nur an sich denken, aber ihr mögt sie nur deshalb nicht, weil sie nicht an euch denken. Heuchelei! Ich verstehe ja die Sorge, das Gleichgewicht in der Gesellschaft könnte durch so einen Typen zerstört werden, und wo das endet, weiß wohl jeder sehr genau. Wenn der Kuchen unter vier Leuten aufgeteilt werden soll und jeder alle vier Teile haben will, dann bleibt schlussendlich nur die Sorge um die eigene Person. Schützen muss man die auf jeden Fall und am leichtesten geht das, wenn man Feuer mit Feuer bekämpft.

STREIT UND KRIEG

Wie oft sitz ich in aller Seelenruhe an einem ruhigen Fleckchen Erde und beobachte euch Menschen dabei, wie ihr euch selbst untereinander das Leben schwer macht. Streit ist eine der gängigsten Umgangsformen des 20. Jahrhunderts. Seien es nun verbale Attacken oder gar physische Auseinandersetzungen. Der Mensch als Egoist muss seinen Standpunkt unter Beweis stellen, koste es, was es wolle. Dies ist in kleinerem Umfeld ja noch zu überblicken, aber es ist verheerend, betrifft es Länder oder ganze Kontinente. Hier führen diese Streitigkeiten früher oder später immer zu einem Krieg. Krieg führen, Waffen laden, Mitmenschen erschießen, am nächsten Morgen aufstehen und von vorne anfangen. Warum und wieso? Es gibt unzählige Gründe, warum ihr Menschen euch untereinander so das Leben erschwert. Einer der häufigsten Gründe ist aber die menschliche Überzeugung, im Recht zu sein! Ich kann euch beruhigt sagen: „Ihr seid immer im Recht, einfach immer! Nur gibt euch das nicht das Recht, andere davon überzeugen zu müssen." Wer sich immer nur mit den Gedanken anderer befasst, verliert dabei die Fähigkeit, sich selbst auch mal Gedanken zu machen. Seit Jahrtausenden führen Menschen auf dieser Erde Krieg. In fast jedem Kulturkreis gilt jedoch, dass man aus der Geschichte lernen soll. Na ja, dann fehlt es wohl an Bereitschaft, lernen zu wollen. Im eigentlichen Sinne dürfte ich nicht einmal schlecht darüber reden. Diese Kriege und das ganze Massensterben helfen dabei, diese Welt aufzuräumen. Sie schaffen Platz für eine bessere Zukunft, auch wenn der Weg dahin mit dem Blut jener befleckt ist, die doch eigentlich nichts dafürkonnten, dass sie in eine so grausame Zeit hineingeboren wurden. Ich will auch nicht behaupten, dass diese Zeit, in der wir leben, nun so schrecklich ist, doch bin ich fast sicher, dass es irgendwann vor langer, langer Zeit viel besser gewesen sein muss. Wo bliebe denn der „Spaß", wenn wir immer noch im Paradies leben würden?

TOD

Wie viele Fähigkeiten ein Mensch auch hat, eine besitzt einfach jeder: Die Fähigkeit irgendwann ins Gras zu beißen, den Löffel abzugeben, sich die Radieschen von unten zu betrachten, das Zeitliche zu segnen, in die ewigen Jagdgründe einzugehen, den Schritt über die Schwelle zu wagen, abzukratzen oder einfach nur zu sterben. Der Tod, das glückliche Ende eines erbärmlichen Lebens. Einige sehen in ihm etwas Schreckliches, andere etwas Gutes. Er hat etwas Beängstigendes, Mystisches, Vollkommenes und Beruhigendes an sich. Die Mehrheit jedoch fürchtet sich vor ihm und hofft, ihm so lange wie möglich aus dem Weg gehen zu können. Treffen tut es aber jeden, ob früher oder später, ob natürlich oder mit Hilfe. Wenn es so weit ist, beginnt der eigentliche Schwachsinn des Todes: das Begräbnis. Friedhöfe wurden erbaut, um jener zu Gedenken, die das geschafft haben, was eh jeder schaffen wird. Grabsteine, Gedenktafeln, Monumente, Inschriften, Blumen, Kerzen, ja selbst ganze Bauten dekorieren die Orte, an denen die Überreste leerer menschlicher Hüllen liegen und darauf warten, von der Natur als Düngemittel genutzt zu werden. Wer glaubt, dass der Tod das Ende ist, der irrt! Als Allererstes werden alle Familienmitglieder, Freunde und mehr oder weniger nähere Bekannte zu einer Gedenkfeier eingeladen. Die beginnt ganz diskret mit heuchlerischem Rumgeheule vor den Dekos auf dem Friedhof und endet mit einem kostenlosen Besäufnis für alle Teilhaber, nach einem mehr oder weniger delikaten Dinner. Hier werden unter anderem Erinnerungen ausgetaucht und man taucht gemeinsam in die Tiefen der Nostalgie ein. Man stellt so sicher, dass der Mensch nicht vergessen werden kann, oder vergessen werden soll. Schließlich lebt ja anscheinend ein Teil dieser Person weiter. So betrachtet ist man erst wirklich tot, wenn alle, die einen kannten, das gleiche Schicksal erleiden mussten. So oder so ähnlich spielt sich das Ganze in fast jedem Kulturkreis eurer Spezies ab. Verstehen muss das aber keiner, denn, was alle tun, kann doch nur richtig sein!

GRUPPENZWANG

Ob in Rudel, Scharen, Meuten oder Herden, Tiere leben in Gruppen und eine ganz besondere Art nennt dies für sich Gesellschaft. Diese werden von den sogenannten Alphatierchen regiert und geführt. Diese geben dann den Ton an und können nicht allzu selten die einzelnen Glieder in eine Art euphorische Trance versetzen. Menschen in Gesellschaft fühlen sich wohl, stark und kleineren Gruppen gegenüber einfach überlegen. Das fängt an mit dem kleinen Freundeskreis und geht von Straßengangs über Dörfer hin zu ganzen Städten, Ländern, Kontinenten. Kulturkreise, Sekten, Religionen, politische Vereine oder Vereine, die ein gemeinsames Hobby teilen, bei all diesen Subgruppen haben die Menschen immer etwas, was sie aneinander bindet und womit sie sich identifizieren können. Natürlich wollen alle nur das Beste, doch beschränkt sich der Willen auf die Gruppe. Womit der Sinn des Wortes Gemeinschaft klar eingegrenzt und neu definiert wird. Es entstehen unweigerlich Konflikte und Meinungsverschiedenheiten, nicht allzu selten sogar Kriege. Ihr Menschen lebt gerne in Gruppen, doch sollte diese für eure Alphatiere immer schön überschaubar sein. Es könnte sich ja sonst einer vorstellen, auch mal an die Spitze zu wollen. Das wäre fatal und schon bei den Tieren sieht man, wohin das führen könnte, der Schwächere kann dabei sterben. Nur gut, dass ihr Menschen in solch einer Hinsicht sehr zivilisiert seid und es kaum zu einem solchen sinnlosen Blutvergießen kommt. Ihr seid schon zufriedengestellt, wenn nur der Ruf und das Ansehen zerstört sind, der Rest erledigt sich dann von selbst. Wozu aber ein solcher Gruppenzwang fähig ist, zeigt sich immer wieder in eurer Geschichte. Nur als Beispiel nenne ich hier mal die Hexenverbrennungen oder die zwei Weltkriege. In allen drei Fällen waren es jeweils Gruppen, die andere Gruppen nicht anerkennen wollten, oder es waren Alphamännchen, die es schafften, unzählige Marionetten in den Tod zu fädeln, und das für einen scheinbar höheren Zweck?! Ich kann nicht sagen, ob so was irgendwann in näherer oder ferner Zukunft wieder einmal der Fall sein wird, und es wäre sinnlos, sich darüber den Kopf zu zerbrechen. Warum in Angst leben vor etwas, was erst kommen könnte, wenn man nur mal auf die Straßen gehen muss und da sieht, dass auch heute noch Gruppen in genau dem Sinne handeln, für den sie damals schon geschaffen wurden.

Jede Gesellschaft übt mehr oder weniger einen gewissen Gruppenzwang auf jeden einzelnen Konsumenten aus. Dies versteckt sich heute in solch subtilen Formen, dass es schwer ist, sich vollkommen davon zu lösen. Die Medien, egal ob Fernseher, Internet oder Zeitungen, all dies lässt die Leute im Glauben, zu etwas Höherem zu gehören. Zigaretten und Alkohol sind nichts, was der Mensch zum Überleben braucht, und trotzdem ist er teilweise abhängig davon. Dies alles ist nur ein kleines Resultat dessen, was Gruppenzwang heutzutage ausüben kann. Solange es aber immer nur den Einzelnen trifft, ist es noch verkraftbar. Was jedoch, wenn es sich wie vorhin schon erwähnt gegen ganze Gruppen bzw. Völker wendet? Der Mensch lernt schnell zu unterscheiden und zu urteilen. In einer Gruppe, wo genau diese Fähigkeit genutzt wird, um andere auszuschließen, entsteht nicht selten ein noch stärkerer Zusammenhalt, der zu noch grausameren Taten verleiten kann.

VÖLKERHASS

Wenn ich euch Menschen so betrachte, dann seht ihr irgendwann alle gleich aus. Davon abgesehen, dass ihr alle auf dem gleichen Planeten lebt, euch die gleichen Dinge am Leben halten und euch die gleichen Triebe durchs Leben leiten, seht ihr nur von außen her unterschiedlich aus. Diese Nebensächlichkeit fällt einem irgendwann aber auch nicht mehr auf. Es geht jedoch nicht immer jedem so wie mir. Es kommt durchaus vor, und das nicht zu selten, dass sich Gruppen bilden, die genau darauf zielen. Sie sehen die feinen Unterschiede im Aussehen und wissen sofort, dass sie die Differenzen nicht mögen. Woher kommt eine solche Kleinkariertheit? Wie können Menschen nur aufgrund des Äußeren darauf schließen, besser zu sein als andere? Die Tatsache, dass schon viele Tausend Menschen deswegen ihr Leben lassen mussten, ist erschreckend genug. Ich würde sagen, es liegt einfach in der Natur des Menschen, die Probleme bei jenen zu suchen, die anders sind. Damit man selbst oder als Volk besser dasteht, wird die Schuld für das ganze Elend und die Not einfach bei anderen gesucht, es ist einfacher und praktischer. Das Prinzip des Gruppenzwangs hilft da ohne Weiteres, aus Idioten Marionetten zu machen. Ob Völkerhass, Rassenhass oder gar Misanthropie, ihr Menschen findet immer einen Weg, euch im Spiegel anzusehen und mit gutem Gewissen sagen zu können: „Gut, dass ich anders bin!" Noch viel merkwürdiger ist, dass ihr es sogar schafft, mit der gleichen Einsicht und gleichen Einstellung dennoch in eine Art Konkurrenzkampf zu geraten.

KONKURRENZKAMPF

Bei meinen Beobachtungen stellte ich fest, dass es dieses eine kleine Prinzip ist, was euch Menschen fördert. Der Konkurrenzkampf lässt manche von euch richtig aufblühen und gedeihen. Er leitet euch zu neuen Erfindungen und hebt euren Fortschritt immer weiter in die Lüfte. Er ist gesund für Industrie und Konsument. Doch er hat auch seine Schattenseiten, aus ihm entstehen Intrigen, Spionage, Neid und Verrat. Konkurrenzkampf begleitet euch eigentlich euer ganzes Leben lang. Als Kind lernt ihr das Gewinnen und Verlieren mithilfe von Gesellschaftsspielen und so bereitet ihr euch auf ein Leben voller Wettbewerbe vor. Das geht so weit, dass ihr in jeder Kleinigkeit irgendeine Herausforderung sucht. Sei es nun, schneller an einem Ort zu sein als ein anderer oder mehr zu trinken als ein anderer oder einfach nur mehr Freunde zu haben als jeder andere. Ihr sucht irrwitzige Wege und Möglichkeiten, euch mit anderen zu messen und euch selbst in ein besseres Licht zu stellen. Doch so wie es Gewinner gibt, gibt es auch immer wieder Verlierer. Diese sind nicht zwangsläufig dann zufriedengestellt mit dem zweiten Platz, nein, es kommt durchaus vor, dass eine Wiederholung gefordert wird oder dass in ganz schlimmen Fällen sogar ein Streit ausbricht. So ein Streit lässt dann auch wieder mal einen Sieger hervortreten. Scheinbar witzlos, aber auch in allen anderen Lebensbereichen ist dieser Konkurrenzkampf anzufinden. Die Hausfrau, die versucht schöneres Essgeschirr zu haben als die Nachbarin, der fromme Christ, der versucht gläubiger zu sein als der Mann von gegenüber usw. Es war noch immer so und wird auch sicherlich nicht so bald enden, aber der Stärkere überlebt. In einer zivilisierteren Umgebung ist davon genau so viel anzutreffen wie in einem Dschungel. Der ganze Fortschritt hat euch also eigentlich nur neues Spielzeug in eurem immerwährenden Kampf gebracht, keineswegs eine Verbesserung. Doch nicht nur der Fortschritt, auch das Wissen kommt euch zugute. Diejenigen unter euch, die nicht so stark oder begabt sind, haben vielleicht noch die Möglichkeit, etwas klüger zu sein als ihr Gegenspieler. Dies wird ausgenutzt, indem man einfach neue kleine Intrigen schmiedet und mit List und Tücke jeden reinlegt.

INTRIGEN

Intrigen sind Alltagsbestand wie das tägliche Brot. Wüsste jeder davon, wären sie ja sinnlos. Sie haben nicht unbedingt den Zweck, die eigene Person besser dastehen zu lassen, sondern es kann durchaus sein, dass die Zielperson der Intrigen nur schlechter abschneiden soll. Intrigen sind gute Freunde von Heuchelei und Verrat. Auch diese trifft man jeden Morgen beim Bäcker und wünscht ihnen jeden Abend eine gute Nacht. Die Gesellschaft ist voll damit. Wer zuerst da war, die Intrige oder der Konkurrenzkampf, das ist die gleiche Frage wie die nach dem Huhn und dem Ei. Obwohl es eigentlich egal ist, so ist es doch bedauernswert, dass es überhaupt so weit kommen musste. Gut, dass Intrigen, Heuchelei und Verrat gruppentauglich sind. So können auch mehrere Personen gleichzeitig was davon haben. Geteiltes Leid ist halbes Leid. So sagt man jedenfalls. Es ist wie beim Kartenspiel: Es wäre nur halb so spannend, wenn man mit offenen Karten spielen würde. Wenn jeder wüsste, was der andere über ihn denkt, dann gäbe es fast keine Freunde mehr auf dieser Welt. Diese Tatsache ist vielleicht jetzt etwas anmaßend, doch seid mal ehrlich zu euch selbst: Seid ihr immer ehrlich zu jedem, der euch über den Weg läuft? Versucht das mal nur einen Tag lang. Ihr werdet erstaunt sein, wie viel leichter es ist, mit Hintergedanken den Tag zu beenden, als jedes Wort frei von der Kehle auf die Zunge zu bringen. Die Leute mögen euch nicht, weil sie euch kennen, sie mögen nur die Vorstellung, die sie von euch haben. Solange die Vorstellung nicht getrübt von Wahrheiten wird, solange könnt ihr mit den Leuten Frieden feiern und Eierkuchen backen. Es soll aber Menschen geben, die anders sind. Ehrlicher, frei heraus und die kein Blatt vor den Mund nehmen. Aus Erfahrung weiß ich, dass auch diese Menschen keinen Deut besser sind. Sie haben nur gelernt, abzuwägen, welche Alternativen für sie am einfachsten sind und am wohlwollendsten erscheinen. Andere wiederum haben vielleicht auch ein ganz anderes Problem. Sie sind vielleicht nicht ganz „dicht", „verrückt!", wie der Laie jetzt sagen würde. Doch was bitte sehr ist denn ein „Verrückter"?

NORM DER PSYCHE

Ich habe vorhin schon gesagt, dass sich mit der Zeit alle Menschen ähneln. Doch laut vielen Psychologen ist jeder Einzelne ein Unikat. Jeder hat seine eigene Persönlichkeit, die ist so einzigartig wie ein Fingerabdruck. Wie diese nun zustande kommt, ist weiterhin nicht ganz klar. Sie könnte zum Beispiel nur die Summe der Erfahrungen im Leben eines Menschen basierend auf der Erziehung sein. Sie könnte aber auch erblich bedingt sein oder gar nur Zufall. Wer weiß das schon genau? Viel wichtiger scheint mir die Tatsache, dass die Menschheit es fertig bringt, sogar so was wie die Persönlichkeit eines Individuums der Gattung Mensch zu normen. Klar festzulegen, was den nun eine „normale" und was eine eher „kranke" Persönlichkeit ist, ist durchaus beeindruckend und wohl einzigartig unter allen Wesen dieses Planeten. Das heranwachsende Kind muss gesellschaftstauglich sein, sonst kann aus ihm nichts werden. Stimmt irgendwas nicht, so muss es zur Untersuchung gebracht und notfalls muss vielleicht eine kleine Korrektur in Form einer ganz subtilen Gehirnwäsche durchgeführt werden. Alles aber nur zum Wohle der eigenen Person. Wer ist denn schon gerne anders? Es ist doch leichter, so zu sein, wie alle es sind oder es gerne haben möchten. Was diese Unverschämtheit eurer eigenen Gattung gegenüber angeht, so habt ihr schon das Recht, euch von den Tieren abzugrenzen. Tiere würden das unter sich nicht zulassen. Welches Recht nehmt ihr euch, einem Menschen vorzuschreiben, wie er zu sein hat? Ist das nicht sogar gegen die Verfassungsgesetze? Aber nein! Man hätte vor der Geburt das Kleingedruckte lesen müssen. Es geht nur so lange gut, bis die Allgemeinheit eine Bedrohung feststellen kann. Ist diese diagnostiziert, ist das Recht auf freie Persönlichkeitsentfaltung außer Kraft gesetzt. Schade eigentlich. Wer braucht schon Freiheit, wenn er doch mit Stolz behaupten kann, ein „normaler" Mensch zu sein? Das ist doch auch viel wert. Man sieht, die Menschheit ist nicht dumm, es gibt zwar keine Geister, aber sicherheitshalber legt man fest, welche Krankheiten ein solcher Geist haben könnte. Diese Geisteskrankheiten sind alle schön genormt, doch über die Behandlungsmethoden streiten sich heute noch Dutzende von klugen Köpfen. Es gibt in der Psychologie etliche Theorien und Wege zur Behandlung und keiner kann genau sagen, welche nun die richtige und einzig wahre ist. Wie auch, bis jetzt hat ja noch nie jemand einen Geist gesehen und wenn doch, wird derjenige sowieso sofort als verrückt erklärt. Meiner Meinung nach ein sehr ausgeklügeltes System, in dem ihr Menschen da lebt. Es ist im wahrsten Sinne des Wortes narrensicher! Jedenfalls finde ich es nicht schlecht, dass ihr wenigstens keinen Unterschied zwischen Mann und Frau macht. Oder vielleicht etwa doch?

SEXUALITÄT

Adam und Eva, die Eltern von so unzähligen Kindern, dass ich froh bin, keiner von beiden zu sein. Was für ein Stress das gewesen sein muss. Aber Spaß beiseite. Durch diese beiden ist die Norm in die Köpfe aller Menschen gedrungen und klar ist, auch aus biologischer Sichtweise, es geht nur mit Mann und Frau. Ich meine natürlich die Fortpflanzung. Neues Leben entsteht nur, wenn der Mann die Frau befruchtet. Dagegen hat ja auch keiner was. Wo die Sache anfängt, kompliziert zu werden, ist, wenn auf einmal sich gleichgeschlechtliche Paare aus der Masse heraus bilden. Was anfangs noch als geisteskrank eingestuft wurde, ist heute schon an der Tagesordnung. Auch wenn die Leute etwas länger gebraucht haben, um es zu akzeptieren, und es auch lange noch nicht von jedem mit einem Kopfnicken hingenommen wird, so ist aber die Homosexualität doch mittlerweile schon normal. Merkwürdigerweise genießen diese Pärchen aber immer noch nicht überall die gleichen Rechte wie zweigeschlechtliche Paare. Das liegt wohl daran, dass sie sich schwer tun, Kinder zu zeugen. Auch wenn ich als Neomat eine distanzierte Auffassung dazu habe, so finde ich es doch sehr erniedrigend, wenn diese Leute nicht die gleichen Rechte haben wie alle anderen auch. Denn auch wenn sie das Bett nicht auf die Weise teilen wie Adam und Eva, so haben die Leute doch die gleichen Sorgen wie alle anderen auch.

SORGEN

Ob arm, reich, glücklich oder am Boden zerschmettert, Sorgen hat doch einfach jeder. Sie schleichen sich in euer Leben und verfolgen euch auf Schritt und Tritt. Das Ganze beginnt mit Kleinigkeiten, wie die Sorge, was man morgens anziehen soll, und endet mit größeren Problemen wie etwa das Ertrinken in Schulden. Ich weiß nicht genau, wie ihr es immer wieder schafft, euch solche Sorgen anzuhäufen, aber ihr habt eindeutig ein Talent für so was. Wenn man jetzt aber hingeht und einmal genau betrachtet, was denn nun eigentlich genau solche Sorgen sind, so stellt man schnell fest, dass sie noch weniger Recht auf Bestand haben wie beispielsweise Sauerstoff im Weltraum. Sorgen schaffen sich nicht von alleine, sie kommen auch nicht aus dem Nichts oder vermehren sich wie Ratten unter jedem Hausboden. Nein, sie sind reine Einbildung. Es ist einfach, ein Problem da zu suchen, wo man eines zu finden erhofft. Wenn man so will, sind Sorgen etwas wie kleine häusliche Tiere. Wer sie liebevoll füttert und streichelt, kann sich sicher sein, sie auch am nächsten Morgen wieder anzutreffen. Ganz nach dem Motto: „Guten Morgen, liebe Sorgen, seid ihr auch schon wieder da. Habt ihr auch so gut geschlafen, ja dann ist ja alles klar." Ich will euch an dieser Stelle auch noch überhaupt nicht erklären, wie ihr all eure Sorgen loswerdet. Es ist einerseits noch gar nicht an der Zeit dafür und andererseits will ich das einfach mal eure Sorge sein lassen. Klar ist, dass Menschen ohne Sorgen einfach zu beneiden sind. Sie leben glücklich und zufrieden in den Tag hinein und nichts und niemand scheint sie aus der Ruhe bringen zu können. Keine Sorge, diese Menschen haben nicht etwa ein Geheimnis oder stehen im Einklang mit dem Universum. Sie wissen ganz einfach, wie man Sorgen einsperrt oder gar nicht erst aufkommen lässt. Wenn man so will, haben sie ein Hausmannsrezept gegen böse Sorgentierchen. Dieses Rezept kann ihnen kein Arzt verschreiben und sie finden es auch sicherlich nicht in irgendeinem Buch. Es gehört zu den Dingen, die so selbstverständlich sind wie das Amen in der Kirche. Jeder kennt es. Ich werde Sie sicherlich später noch einmal daran erinnern und dann werden Sie sehen, wie einfach es ist, ein Leben ohne Sorgen zu führen. Doch seien Sie mit dem Wissen äußerst vorsichtig, es könnte Sie in eine noch schlimmere Lage führen, als täglich mit Sorgen aufzuwachen. Es könnte in Ihnen eine tiefe Langeweile hervorrufen.

LANGEWEILE

Langeweile ist der treue Begleiter all jener Menschen, die nichts zu tun haben. Diese Menschen sind nicht zu beneiden, die haben so viel Zeit und wissen einfach nicht wohin damit. Anstatt dass sie in etwas Sinnvolles investiert wird, wie zum Beispiel in Denken, wird diese Zeit damit verschwendet, sich über die Langeweile aufzuregen. Natürlich macht das durchaus Sinn, denn wer sich aufregt, der schafft sich wieder Sorgen und ist nicht mehr alleine mit dieser doofen Langeweile. Trotz allem verleitet sie aber manche Menschen zu sehr merkwürdigem Handeln, andere wiederum stürzt sie in Depressionen und wieder andere verleitet sie zu neuen Aufgaben und dem Erlernen neuer sinnloser Fähigkeiten, die einem aber das Leben ein wenig verschönern. Viele Hobbys sind allein wegen der Langeweile entstanden und viele Menschen haben ihr Hobby am Ende ja auch zum Beruf gemacht. Das wäre alles nicht möglich gewesen, wenn die Langeweile sie nicht vorher in den Wahnsinn getrieben hätte. Doch woher kommt denn nun dieses eine etwas? Gegen die Annahme ein Überfluss an Zeit hätte da eine große Rolle, entsteht Langeweile in erster Linie aus dem Mangel an Gesellschaft. Dies schließt natürlich nicht aus, dass auch Gruppen sich zusammen langweilen können. In den meisten Fällen sucht man, nach dem Befall, am liebsten sofort nach anderen, denen es genau so geht. Wieder nach dem Motto: „Geteiltes Leid ist halbes Leid." Wobei, nebenbei bemerkt, Langeweile kein Leid, sondern eher eine Art Luxus ist. Wie komm ich also dazu, Langeweile Luxus zu nennen? Na, das ist doch ganz einfach. Zeit ist bekanntlich Geld und ein Überfluss an Zeit ist Langeweile, also ist Langeweile ein Überfluss an Geld. Schon komisch, dass auch arme Menschen sich langweilen können. Die Leute sollten sich also durchaus manchmal ein wenig Langeweile gönnen, sie haben es sich verdient. Auf keinen Fall jedoch sollte man immer, wenn man merkt, dass sich da etwas anreiht, sofort Panik schieben. Das ist auch nicht allzu gesund.

PANIK

Eines der wohl wirkungsvollsten Mittel auf Erden, um Menschen zusammenzuschmelzen, ist und bleibt die Panikmacherei. Panik verursacht Angst und Angst bindet. Meist jedoch ist Panik nicht einmal wirklich begründet. Panik dient, wie bereits gesagt, nur dem Zweck, höhere Ziele zu verfolgen. Diejenigen, die Panik verursachen, haben auch einen Grund dafür und verfallen ihr meist nicht selbst. Es gibt jedoch Fälle, in denen sich Leute selbst irgendeinen Quatsch einreden und dann zu allem Überfluss in Panik geraten. Solche Leute nennt man meist Hysteriker. Es sind wieder mal solche, die sich ständig selbst im Wege stehen. Sie sehen oder hören etwas, bilden sich zu schnell eine eigene Meinung darüber, wissen sofort, dass ihnen diese Meinung nicht gefällt, und noch Sekunden bevor sie sich zu dem Thema äußeren, hat Panik schon die Oberhand gewonnen. Die Medien und teilweise auch die Politiker zielen genau auf solche Menschen, die sich nur allzu gerne vorschnell etwas einreden. Man braucht nur die Wörter: Terrorist, Krise, Atomwaffen, Klimawandel usw. ansatzweise zu erwähnen, schon sind einige dabei, ihre Vorräte in einen Schutzbunker zu lagern und sich auf einen kalten, sehr kalten Winter vorzubereiten. Solche leicht beeinflussbaren Menschen lieben Panik, denn in ihr fühlen sie sich gehört. Stellen Sie sich nur mal vor, einer sitzt vor Ihnen und gerät vollkommen in Panik. Sie versuchen ihn zu beruhigen und Sekunden später passiert etwas, dass auch Sie ein bisschen in Panik versetzt. Es ist unglaublich, wie schnell der andere sich wieder beruhigt und Sie ansieht und dann eiskalt behauptet: „Sehen Sie, ich hatte recht." Das auch, wenn es nur falscher Alarm war. Aber Panik findet man nicht nur, wenn es um große Themen geht, nein, auch in kleinen Angelegenheiten ist Panik ein gern gesehener Begleiter. Die Panik, die Liebe könne zerfallen, der Chef könne einen rauswerfen, das Lieblingssportteam könne den entscheidenden Punkt nicht machen. All dies und sicherlich noch vieles mehr kann Leute in Panik versetzen und sie zu unglaublich dummen Handlungen leiten. Ein banales Beispiel hierfür ist die Panik, zu spät zu kommen. Bei aller Furcht, einen Termin zu verpassen, scheint der Fuß auf dem Gaspedal immer schwerer zu werden. Die Konsequenzen sind wie ausgeblendet und die Folgen fatal. Ich komme lieber ganz beruhigt zu spät, als dass ich mit Schweißausbrüchen und lautem Panikgeschrei im nächsten Krankenhaus aufwache. Wie auch immer, Panik lässt sich zwar kontrollieren, aber auch in diesem Fall macht erst die Übung den Meister. Wenn Sie also das nächste Mal Dinge hören oder sehen, die Ihnen etwas fehl am Platz erscheinen, versuchen Sie einmal einfach einen Kompromiss mit sich selbst einzugehen.

KOMPROMISSE

Wir nähern uns so langsam den guten Seiten des Menschen. Ja, nicht alles am Menschen ist so schlecht, wie ich es versuche hier darzustellen. Menschen sind nicht ohne Grund die Steine auf dem Weg zur Besserung. Eine sehr positive Fähigkeit ist die, Kompromisse eingehen zu können. Erstaunlich, wie sich zwei unterschiedliche Wirklichkeiten auf einem Punkt treffen und einigen können, ohne dass dabei Streit oder Panik entsteht. Ich würde jetzt sehr gerne behaupten, dass jeder Mensch dazu fähig ist, Kompromisse einzugehen, und dass jeder Mensch die richtigen Entscheidungen treffen kann, aber dann wärt ihr keine Menschen mehr. Leider ist dem so, dass es immer wieder trotz Kompromisse zu Unstimmigkeiten kommen kann. Das liegt daran, dass ihr an einem Mangel an Kommunikation leidet. Bevor ihr Kompromisse eingeht, sollten sich beide Parteien im Klaren sein, welche Folgen das haben kann und wie genau jedes einzelne Wort in dem Vertrag zu verstehen ist. Nicht zu selten sucht eine der beiden Parteien nur allzu gerne nach einer Hintertür oder betont am Ende das Kleingedruckte. Ihr steht euch selbst oder andern immer wieder gerne im Weg und hindert euch einfach, das Ziel des Weges zu erreichen. Ob aus Unsicherheit oder einfach nur aus Neid. Als Kompromiss würde ich vorschlagen, dass ihr euch die Hand reicht und Hand in Hand bis ans Ende des Weges spaziert. Wenn es einem da dann immer noch nicht gefällt, könnt ihr ja umdrehen und weiterhin so leben, wie es anderen gefällt.

Toleranz und Akzeptanz sind gute Freunde der Kompromisse und ich kann euch nur empfehlen, euch mit den drei Wörtern anzufreunden, dann seid ihr am Ende sicherlich auf dem richtigen Weg. Wer das nicht fertigbringt, der kann immer noch sterben lernen. Es fängt damit an, dass ihr lernt, für euch selbst Kompromisse einzugehen. Vielleicht habt ihr ja etwas vor, wisst aber nicht, wann ihr damit anfangen sollt. Wie wäre es dann, einfach morgen anzufangen und alles, was ihr morgen vorhattet, auf übermorgen zu verschieben. Ja klar, die Probleme und Sorgen einfach auf übermorgen verschieben, das hört sich immer so einfach an. Ich bin mir sicher, ihr habt auch Gründe, warum alles erst morgen in Angriff genommen werden muss, aber wer weiß, ob ihr dann noch dazu imstande seid? Wenn ihr es dann schlussendlich geschafft habt, mit euch selbst im Reinen zu sein, dann könnt ihr auch anfangen, Kompromisse mit anderen Menschen zu schließen. Dies ist, wie mir scheint, vor allem in Beziehungen ein sehr wichtiger Bestandteil. Ihr bringt es ja nicht fertig, einen anderen Menschen so zu nehmen, wie er ist. Ihr sucht immer nach Dingen, die ihr beurteilen und kritisieren könnt. Ihr müsst immer wieder Vergleiche ziehen und am Ende versuchen, für euch selbst eine Entscheidung zu treffen. Wie immer steht ihr euch selbst im Weg!

ENTSCHEIDUNGEN

Als Kind ist es einfach, durch diese Welt zu wandern, fast alles Wichtige wird von den Großen übernommen. Man hat nur sehr wenig bis gar keine Entscheidungen zu treffen und man weiß auch kaum, dass irgendwann das ganze Leben nur darauf hinausläuft. Mit der Zeit kommt auch das Erwachsenwerden und irgendwann lernt man selbstständig zu handeln und sich von den Eltern zu lösen. Das ist der Moment, an dem man lernt, die ersten wichtigen Entscheidungen im Leben selbst zu treffen. Ab jetzt, ab dem Moment besteht das Leben für euch Menschen nur noch aus Entscheidungen. Alles, was ihr tut, ja sogar alles, was ihr denkt, läuft auf eine Entscheidung hinaus. Die Wege, die ihr geht, geht ihr, weil ihr euch für sie entschieden habt. Wenn euch jemand zu etwas zwingt, euch also den Teil der Selbstbestimmung abnimmt, so bleibt euch dennoch immer eine Alternative, ihr müsst nur abwägen und euch, wie kann es anders sein, entscheiden. Nebenbei bemerkt, mir ist aufgefallen, dass der Tod stets eine Alternative ist, die jedoch recht selten gewählt wird. Aber wieder zum Thema. Eine Entscheidung treffen kann einfach sein, es kann aber auch sehr kompliziert werden. Irgendwie ist eine einzelne Entscheidung immer in mehrere kleine unterteilt und erst, wenn man alle Wege und Möglichkeiten ausgeschöpft hat, kann man sich zu einer Wahl bereit erklären. Das hört sich jetzt überaus komplex an, aber euer Gehirn schafft das meist innerhalb von wenigen Sekunden. Ein kleines Beispiel sollte Folgendes sein: Eine Frau im Einkaufszentrum kann sich einfach nicht entscheiden, welche der vielen Paar Schuhe nun die beste Alternative zu der Handtasche sind. Sie überlegt kurz und ein paar Sekunden später hat das Gehirn die passende Lösung. Einfach alle kaufen. Die Entscheidung fällt in dem Moment so einfach, man glaubt es kaum. Aber Spaß beiseite. Es gibt in eurem Leben auch durchaus wichtige und ernsthafte Entscheidungen zu fällen. Manchmal sogar lebensnotwendige. Es sind diese Entscheidungen, die einem sicherlich nicht sehr leicht fallen. Auf der anderen Seite gibt es auch sogenannte persönliche Entscheidungen. Sie bestimmen euer Leben immer nur auf kurze Dauer. Das wären zum Beispiel die Wahl der Arbeit, die Wahl des Partners, die Wahl des Autos usw. Wenn ich kurze Dauer sage, so meine ich natürlich, dass solche Entscheidungen vergänglich sind. Denn irgendwann steht ihr wieder genau auf dem gleichen Punkt und müsst aufs Neue eure Wahl treffen. Diese Wahl basiert meist auf Erfahrung, Vorlieben und dem Einfluss des Momentes. Reichliche Überlegungen führen meist nie zu einem guten Ende und so werden viele solcher Entscheidungen schlussendlich spontan getroffen. Doch manchmal fühlt ihr euch von all diesen wichtigen Entscheidungen in eurem Leben einfach nur überfordert. Ihr sucht Hilfe und hofft darauf, andere könnten für euch die richtige Wahl treffen. Ist dies nicht der Fall, so seid ihr ja am Ende schuldlos. Das ist doch die Hauptsache. Alleine, ohne Schuld an dem, was euch betrifft, kann aber hin und wieder auch alles ein wenig einsam sein.

EINSAMKEIT

„Zu zweit ist man weniger allein." Dies scheint mir in einer Gesellschaft voller einsamer Menschen der Hauptleitspruch zu sein. Es zeigt wieder einmal, dass ihr nichts anderes als Herdentiere seid und auf keinen Fall einsam dahinscheiden möchtet. Dennoch kommt es des Öfteren vor, dass sich Leute auch alleine sehr wohl am Leben erfreuen können. Einsamkeit ist also nicht zwingend etwas Schlechtes. Es hat durchaus seine positiven Seiten. Die muss aber jeder für sich selbst entdecken. Wie kommt es, dass ihr, obwohl ihr alle euch nach vertrauter Zweisamkeit sehnt, trotz allem sehr lange Zeit in eurem Leben nur mit euch selbst teilt. Sind eure Ansprüche an den Partner zu hoch, seid ihr einfach kein umgänglicher Typ oder wollt ihr keinen nahe genug an euch heranlassen aus Angst, verletzt zu werden. Es ist wieder mal eine Entscheidung, die es zu treffen gilt. Einsamkeit ist ohne Zweifel ein Faktor, der euch sehr am Herzen liegt, denn einiges in eurem Leben macht ihr ausschließlich alleine, z. B. Nachdenken oder Lesen. Es sind Momente, in denen ihr erkennt, dass es auch anders sein kann. In einem Buch z. B. könnt ihr euch in eine ganz neue Welt hineinversetzen und selbst der Held sein, der ihr immer sein wolltet. Ihr seht die Welt, wie sie in fantastischen Farben aufblüht, und fühlt euch für die Dauer eines kurzen Momentes einfach nur wohl. Vielleicht merkt ihr ja, wie euch das Ende eines Buches, trotz Happy End, immer auch ein wenig traurig stimmt. Am Ende seid ihr wieder alleine in einer Welt, die nicht so verblüffend schön ist. An diesem Punkt komm ich zu dem, was ich an euch Menschen trotz aller Negativität doch am meisten schätze: eure Gabe, Freundschaft zu schließen.

FREUNDE

Es gibt nicht sehr viele unter euch, die keine haben, und alle, die welche haben, sollten sich glücklich schätzen. Ein Freund steht euch zur Seite, egal was passiert und auch wenn die ganze Welt herum in Scherben und Blut versinkt, so steht neben euch ein Mensch, der euch die Hand reicht. Diese Art Zusammenhalt findet man nicht überall. Sie ist schon beinah einzigartig für den Menschen. Auch wenn es in der restlichen Tierwelt durchaus Freundschaften gibt, so ist keine mit der der Menschen vergleichbar. Freunde sind diejenigen, auf die ihr baut und vertraut. Sie sind der Trost im Kummer und der Jubel im Freudentaumel. Es gibt jedoch auch unter Freunden eine Art Rangliste. Da wären an erster Stelle die sogenannten „wahren" Freunde, dann kommen die guten Freunde, gefolgt von den normalen Freunden, den Bekannten und denjenigen, die man nur vom Hören und Sehen her kennt. Mit dem Rang steigen auch der Vertrauensgrad und die Offenheit. Obwohl Freunde in eurer Gesellschaft eine so enorm wichtige Rolle spielen, gibt es sogar unter ihnen auch „falsche" Freunde. Heuchler und hinterlistige Schweine. Diese versuchen euch nur auszunutzen und euch, so gut es geht, hinters Licht zu führen. Sie sind überall, wo Schadenfreude aufkommen kann, und benutzen das Wort Ehre nur zum Spaß. Kein Mensch ist gegen sie gewappnet und keiner könnte behaupten, keine solchen Leute zu kennen. Alles Glänzende hat auch seine Kehrseite.

Mein Tipp gegen Einsamkeit, Langeweile, Panik und Sorgen: Lasst eure Freunde ruhig öfter mal wissen, wie wichtig sie für euch sind.

ALLES ANDERE

Am Ende des ersten Kapitels angelangt, habe ich noch ein paar abschließende Worte. Dies alles sind nicht die einzigen Merkmale, die eure Rasse ausmachen. Sie sind meiner Ansicht nach nur die wichtigsten. Sie prägen euch Menschen in jeder Hinsicht und formen euer Leben. Sie machen aus euch die Steine auf dem Weg zur Besserung. Am Ende des Weges warten wir auf euch. Jeder geht diesen Weg alleine und mit all den Steinen, die euch in den Weg gelegt werden, könnt ihr ruhig was Nettes wie beispielsweise ein Häuschen bauen. Es hindert euch in Wahrheit niemand daran, das Ziel zu erreichen, außer euch selbst.

KAPITEL 2

DER GEWOHNTE ALLTAG

oder: Die Illusion der Wirklichkeit

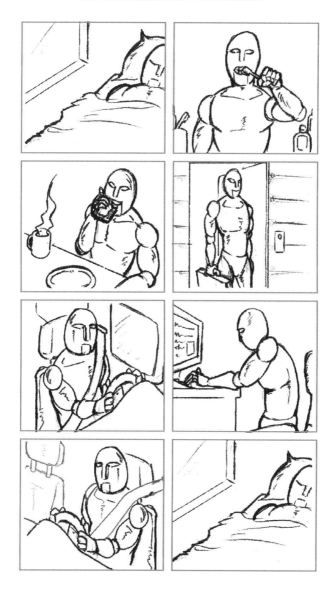

Täglich wache ich auf, weil die Sonne durch das Fenster genau auf die Stelle meines Bettes fällt, wo mein Kopf liegt. Diese hellen Strahlen erwärmen mein Gesicht und machen ein Weiterschlafen einfach unmöglich. Aufstehen, der Gang ins Badezimmer, anziehen, frühstücken, zur Arbeit fahren und wieder nach Hause kommen. So sieht der Alltag aus und das jetzt schon seit unzähligen Jahren. Es ist das, was ich gewohnt bin. Das, was mir vertraut ist, und das, womit ich zurechtkomme. Ich will nichts anderes haben, es gibt mir Sicherheit und Geborgenheit. Es ist meine Zuflucht. Alles andere will und kann ich nicht annehmen. Meine Welt ist auf dieses eine Prinzip beschränkt und meine Wirklichkeit besteht aus diesen wenigen Grundaussagen. Ich fühle mich wohl in meiner Welt. Das ist nicht nur die Hauptsache, sondern auch das Einzige, was zählt. Doch auch ich musste erkennen, dass, wenn eine Welt zerbricht, die Folgen stets im Auge des Betrachters liegen. So ist mein Alltag zwar noch immer der gleiche, nur die Sichtweise wird niemals mehr die sein, die sie mal war!

ALLGEMEINES

Ich gehe davon aus, dass Sie sitzen, während Sie dieses Buch in den Händen halten und lesen. Das ist auch besser so, denn nun werde ich ohne viel Drumherum genau die Aussage machen, die das ganze Kapitel zusammenfasst. Es wird vielleicht nicht direkt einleuchten und wahrscheinlich auch auf Gegenwehr treffen, aber lesen Sie selbst.

„Nichts ist wirklich!"

Klingt erst mal ziemlich banal, aber Sie werden, wenn alles gut geht, erkennen, wie viel „Wahrheit" in einem so kleinen Satz stecken mag.

Die meisten Menschen, wenn nicht vielleicht sogar alle, gehen davon aus, dass es nur eine einzige wirkliche Wirklichkeit, eine einzige alles umfassende Wahrheit gibt. Diese Wahrheit bestimmt ihr Leben und auf dieser Wahrheit beruht alles, was war, was ist und was je sein wird. Ihr klammert euch an diese eine Wirklichkeit, auch wenn sie euch im wahrsten Sinne des Wortes das Leben kostet. Es stimmt auch irgendwie, es gibt für jeden Menschen immer nur eine Wirklichkeit, doch betrachtet man die Anzahl der Menschen auf diesem Planeten, so kommt man auf fast sieben Milliarden Wirklichkeiten. Eine sehr schwer vorstellbare Summe. Ich würde nicht verlangen, dass ihr von diesem Moment an alles, was ihr kennt, für nichtig erklärt und alles aufgebt, was ihr habt und was euch ausmacht. Dies sollte auch keinesfalls der Sinn und Zweck sein. Es gilt zu erkennen, wie viel Wahrheit für jeden Einzelnen in diesem kleinen Satz liegt. Es gilt herauszufinden, ob das Leben nicht doch eine tiefere Quintessenz in sich verborgen hält. Wenn es so viele Wirklichkeiten gibt, kann man doch auch sicherlich zwischen ihnen hin und her wandeln. Jeder von euch kennt die Frage nach dem Sinn des Lebens, die Suche nach einer alles erläuternden Antwort. Hier im Buch werdet ihr diese Antworten sicherlich nicht finden, denn es gab sie nie und wird sie nie geben. Egal, für welchen Weg ihr euch im Leben entschließt, am Ende findet ihr keine Antworten. Ihr findet vielleicht Erlösung, Erleuchtung oder noch mehr Fragen. Es liegt in eurer Natur, dass das Suchen alleine das Finden einfach unmöglich macht. Dies ist wieder ein Grund, warum jeder, der verstehen will, sterben lernen muss. Tote hören zwangsläufig auf mit dem Suchen.

Wie sieht nun euer Alltag aus? Unter euch zu leben und euch zu beobachten, ist mir immer wieder eine Freude und zugleich nicht die Zeit wert, die ich damit verschwende. Das Wichtigste vorweg ist und bleibt euer Drang nach Fortschritt. Es ist der scheinbar nie enden wollende Versuch, etwas zu errichten, das euch Erleichterung in einem doch so schweren Leben verschafft. Alles, wie es geschaffen und wieder weggelegt wird, hat seinen Preis. Manche zahlen mit Geduld, andere mit Ideen, andere mit Zeit, andere mit Kraft, wieder andere mit ihrem Leben, doch alle zahlen am Ende mit Geld!

GELD

Ohne Zweifel ist Geld eine Art Gottheit der Moderne. Ja, Geld ist in vielerlei Hinsicht sogar mächtiger, als jeder Gott es je sein könnte. Was man alles mit Geld kaufen und bewirken kann, grenzt an unendliche Macht. Dem Geld gehört die Welt. Geld alleine macht nicht glücklich, aber es beruhigt ungemein. Es ist Drahtzieher in vielen kleinen Teilchen eures Daseins. Panik, Sorgen, Intrigen, alles, was bis jetzt schon erwähnt wurde, hat sicherlich des Öfteren nur das Thema Geld. Man kann mit Geld Unheil und Verderben säen, es aber auch benutzen, um Frieden und Glück über sich und sein Umfeld zu bringen.

Wenn ich mir euren Alltag ansehe, so dreht sich am Ende fast alles um dieses eine Mysterium. Ihr geht zur Arbeit, um es zu verdienen, und investiert es in die restliche Zeit des Tages. Ein Kreislauf, aus dem ihr nicht entkommen könnt. Gegen alle Annahmen, ihr würdet das Geld besitzen, behaupte ich jetzt, das Geld besitzt euch. Es kontrolliert euer Handeln und eure Launen.

Viele Menschen leben mit der Überzeugung, dass man nicht alles mit Geld kaufen kann, diese wenigen versuchen sich das aber nur einzureden, weil ihnen sonst der Boden unter den Füßen zu entschwinden droht. Man kann sich alles mit Geld kaufen, der einzige Unterschied liegt am Ende nur in der Echtheit. Natürlich ist es praktisch unmöglich, ganz ohne Geld auszukommen. Wie auch, man lebt schließlich in einer Welt, die damit erschaffen wurde. Das ist in etwa so, wie ohne Sauerstoff und Wasser über die Erde zu stolzieren. Auf lange Sicht gesehen einfach nur fatal. Ich habe auch keine Verbesserungsvorschläge oder guten Ratschläge. Es gibt auch hier keine Universalformel, die einem ein glückliches Leben ohne Geld verspricht. Die Einstellung dem Geld gegenüber zu ändern, ändert leider nicht die Einstellung des Geldes euch gegenüber. Wer weiß, vielleicht kommt irgendwann einmal eine Zeit, in der Geld keine Rolle mehr spielt. Eine Zeit, in der alle Menschen wahrhaftig gleich sind und Frieden auf der ganzen Erde herrscht. Eine utopische Vorstellung, nicht wahr? Findet euch damit ab, dass Geld auch in ferner Zukunft euch immer noch an die Leine nehmen wird und mit euch durch die Straßen spaziert. Es kommt am Ende nicht darauf an, mit wie viel Geld ihr gelebt habt, sondern mit wie viel Freude ihr ins Grab geht. Wenn ihr den Dreh zum Glücklichsein einmal raushabt, so kann euch das kein Geld der Welt mehr nehmen. Nichts ist kostbarer als die Erkenntnis ewigen Glücks. Wer glaubt, dazu Geld zu brauchen, der ist auf dem falschen Weg. Jede Äußerlichkeit kann man sich irgendwie aneignen, wenn die Summe stimmt, aber die inneren Werte sind unbezahlbar. Das einzige Problem, das dennoch entsteht, ist dies: Was Geld nicht kaufen kann, das zerstört es. Auch wenn die inneren Werte nicht käuflich sind, so stehen sie immer irgendwie in Verbindung zum Geld und können durchaus beeinträchtigt werden. Sachlich gesehen hat Geld schon seine Daseinsberechtigung. Was wäre es für ein Chaos, wenn wir immer noch im Tauschhandel leben müssten. „Dein Auto gegen meine Frau und ich lege noch zwei Kinder drauf, wenn du mir die Winterreifen dazulegst." Eine durchaus witzige Vorstellung, wenn auch etwas übertrieben dargestellt. Wem das alles zu viel wird auf dieser Erde, mit den ganzen Geldproblemen, den Finanzkrisen und den überteuerten Preisen, der kann sich ein wenig Geld zur Seite legen und dann einen diplomierten Gehirnwäscher aufsuchen. Nach nur ein paar Sitzungen sieht die Welt wieder wie neu aus und Geld scheint auch nicht mehr die Gewichtung zu haben wie vorher. Ja, sogar die Brieftasche fühlt sich danach etwas leichter an. Und ich Idiot meinte am Anfang, dass Geld nicht glücklich machen kann. So kann man sich irren.

TECHNIK UND FORTSCHRITT

Ist es nicht wünschenswert, ein Ziel im Leben zu haben. Das Ziel der Menschheit ist nicht etwa die totale Ausrottung anderer Lebewesen, es ist die Modernisierung der Natur. Es geht darum, so viel Natur wie nur möglich in eine Ackerlandschaft für Computer und Roboter umzuwandeln. Wo anfangs der erste Mensch stolz verkünden konnte, das Rad erfunden zu haben, steht jetzt die Rakete, die uns alle später, wenn die Erde hinfällig geworden ist, auf einen besseren Planeten bringt. Ob Autos, Mobiltelefone, Fernseher, Computer, Internet, künstliche Intelligenz oder MP3-Player, es gibt schon so vieles und täglich kommt Neues hinzu. Der Fortschritt ist unaufhaltsam und macht seinem Namen alle Ehre. All dieses Spielzeug ist aus eurem Leben einfach nicht mehr wegzudenken. Heute laufen schon Kinder, die gerade erst richtig sprechen gelernt haben, mit zwei Mobiltelefonen rum. Hauptsache erreichbar! Wenn man einen gemütlichen Abend unter Freunden verbringen will, sind diese Handys eine Art Pflicht-Equipment. Jeder hat so eins und jeder starrt im Durchschnitt alle zehn Minuten mindestens einmal auf den Bildschirm. Sei es nun, um zu sehen, wie viel Uhr es ist, oder in Erwartung eines Anrufes oder einer sogenannten Kurzmitteilung. Doch auch diese Kurzmitteilungen können durchaus sehr lang werden. In einer Zeit, die sich so rasch entwickelt wie die jetzige, ist es kein Wunder, dass jeder unter euch irgendwie das Gefühl bekommt, irgendwann etwas zu verpassen. Die Angst, nicht auf dem neusten Stand der Dinge zu sein, frisst einen innerlich auf. Man muss am Ball bleiben, das ist die Devise, und wer nicht mit der neusten Technik schwimmt, der geht unter. Ich will die Technik aber nicht zu sehr kritisieren, es ist schon wahr, dass sie einem das Leben unweigerlich vereinfacht. Doch diese Vereinfachungen haben ihren Grund wieder mal im Geld. Wie war das gleich? Zeit ist Geld? Ja, Technik erspart Zeit, kostet aber Geld. Irgendwie widersprüchlich! Was soll's. Das einzige wirklich Bedauernswerte an der Technik ist, dass sie dem Menschen die Notwendigkeit der Evolution erspart. Wo früher der Selektionsdruck herrschte, steht jetzt ein Firmengebäude und ein Labor für Nanotechnologie. Es gibt, vor allem in der westlichen Kultur, keinen Grund mehr, sich als Wesen zu verändern. Anfangs veränderte die Natur den Menschen, jetzt zahlt sie ihren Preis dafür. Die Natur meinte es nur gut mit dem Menschen, sie gab ihm die Möglichkeit, sich auf dieser Erde zu beweisen und zu überleben. Jetzt meint der Mensch es auch sicherlich nur gut mit der Natur, wenn er ihr klarmacht, dass kein Platz für sie in der modernen Zeit mehr ist. Irgendwann sind alle Geheimnisse der Natur gelüftet und man wird einfach alles künstlich herstellen können. Ich will mir gar nicht vorstellen, was das Ganze dann alles kosten wird.

MATERIALISMUS

Der ganze Fortschritt und die ganze Technik haben das Leben in eine ganz neue Bahn gerückt. Waren vorher noch die Familie und der Nachwuchs unangefochtene Spitzenreiter auf der Werteskala, sind ihnen heutzutage Besitz und Reichtum dicht auf den Fersen. Der Mensch definiert sich nur noch selten über das, was er ist, sondern immer häufiger über das, was er besitzt. Sein äußerliches Erscheinungsbild, Kleider, Schmuck und Schuhe, sein Auto, sein Haus usw., all diese Statussymbole sind maßgebend für den Wert einer Person. So scheint es mir jedenfalls. Die inneren Werte liegen, so wie der Name schon andeutet, im Inneren verborgen und sind daher auch nicht direkt sichtbar. Der erste Moment zählt, der erste Eindruck ist heute in einer hektischen Welt der durchaus maßgebendere Faktor. Was kümmert einen in den ersten fünf Minuten schon der Charakter, wenn das Auftreten nicht das eines Erfolgsmenschen ist. Kein Erfolg, kein Wert, kein Grund, diese Person näher kennenzulernen. Ich habe schon Menschen getroffen, die behauptet haben, sie würden ohne ihr Mobiltelefon sterben. Es ist tatsächlich in dieser Welt schon so weit, dass Computer über unser Dasein regieren. Doch auch das Sprichwort „Kleider machen Leute" kommt nicht von ungefähr. Je teurer die Marke und je stilvoller das Auftreten, desto besser. Es ist scheinbar witzlos, denn sogar bei verschiedenen Subkulturen, die sich gegen den Materialismus aussprechen, wird eine horrende Summe ausgegeben, damit das Äußere auch zur Überzeugung passt.

Ich habe nichts gegen ein gepflegtes Äußeres, Hygiene ist sehr wohl ein wichtiger Bestandteil des täglichen Lebens. Wer aber denkt: „Wer viel hat, der ist viel", der irrt sich. Alles, was ihr besitzt, euer ganzes Hab und Gut, ist vergänglich und ihr nehmt nichts davon mit ins Grab. Wenn ihr der Überzeugung seid, euer Leben wäre einfacher und schöner mit mehr Besitz, dann tut mir den Gefallen und sucht ihn ohne Sauerstoffgerät auf dem Grunde des Ozeans. Lernt erst einmal einen Menschen danach zu beurteilen, wie er sich als Person euch gegenüber zeigt, und nicht sofort danach, wie er aussieht. Wenn ihr nicht ohne euer Mobiltelefon leben könnt, dann schließt euch mal für eine Woche weg. Ihr werdet sicherlich nach sieben Tagen immer noch leben. Wer sich über die Dinge, die er besitzt, definiert, wird selbst zu einem Ding.

ALKOHOL UND ANDERE DROGEN

Partys, Feiern bis zum Abwinken und gute Stimmung bei lauter Musik, wohin man schaut. Jedes Wochenende steht unter dem Motto der guten Laune. Vor allem bei den jüngeren Gesellschaftsmitgliedern ist das Wochenende der reinste Spaß. Jedes Wochenende wird akribisch geplant und organisiert. Nichts wird dem Zufall überlassen. So scheint es jedenfalls zu sein. Die Wahrheit sieht doch meist recht anders aus. Spontaneität ist keineswegs ein Fremdwort und man ist halt immer gerne da, wo auch was los ist. Man will gesehen werden und selbst teilhaben am neusten Klatsch und Tratsch. Die Fixierung aufs Wochenende macht die Werktage fast unerträglich. Die Tage von Montag bis Freitag dauern einfach viel zu lang und haben mit Sicherheit mehr als vierundzwanzig Stunden. Frust sammelt sich langsam, aber sicher an und das Verlangen nach ordentlichen Exzessen wird immer größer. Wenn wundert es da, dass Alkohol ein solch treuer Begleiter eines jeden Wochenendjunkies geworden ist. Mit Alkohol sieht nicht nur die Welt sofort viel rosiger aus, auch die Mitmenschen scheinen einem nicht mehr so doof, wie sie es noch vor ein paar Stunden waren. Alkohol ist durchaus das Konsummittel, das man neben herkömmlichem Wasser am häufigsten antrifft. Die ganzen Gesetze und Veranlassungen in Bezug auf Alkohol sind sicherlich auch übertrieben, denn Alkohol schafft das, was die Politik immer wieder vergebens versucht. Er macht die Leute geselliger. Natürlich gibt es auch hier, wie überall, Ausnahmen. Manche Leute werden aggressiver, andere werden ruhiger usw. Aber der größte Teil wird offener und freizügiger. Nichts scheint mehr wirklich wichtig zu sein, wenn der Alkohol nur im richtigen Maße fließt. Man fragt sich, wieso nicht jeder Tag Freitag sein kann.

Doch ihr Menschen habt etwas Merkwürdiges an euch. Sobald etwas verboten wird, scheint es interessanter zu werden. Alkohol ist eine Volksdroge, sie ist nicht wirklich verboten, nur gesetzmäßig eingegrenzt. Andere Drogen wiederum sind ganz und gar illegal. Diese üben auf einige von euch aber gerade deswegen eine magische Wirkung aus. Damit ist nicht die „magische" Wirkung der Droge selbst gemeint. Grob betrachtet weichen diese aber in der Funktion nicht allzu weit vom Alkohol ab. Alle Drogen lassen die Welt für die Dauer ihrer Wirkung einfach anders, einfach besser erscheinen. Wer will denn nicht dem tristen Alltagsleben einfach mal entfliehen und sich für eine Weile in eine heile Welt hineinversetzen? Nun gut, ich verstehe die Beweggründe, aber nicht die Tatsache selbst. All dies ist durchaus auch ohne Drogen möglich. Wie bereits erwähnt, gelingt dies auch Menschen, indem sie z. B. ein Buch lesen. Dass dazu die Fähigkeit, lesen zu können, eine Voraussetzung ist, ist mir schon klar. Auf der anderen Seite sehe ich auch nicht ein, wieso man mit allen Mitteln dagegen ankämpfen will, solche Drogen zu verbieten. Man nimmt dem Menschen die Freiheit, die einem von den gleichen Leuten doch versprochen wird.

Nun von den harten Drogen wieder zu einer ganz gewöhnlichen Volksdroge, den Zigaretten. Rauchen ist eine Freizeitbeschäftigung wie alles andere auch. Egal ob man jetzt Ketten- oder Gelegenheitsraucher ist, der Glimmstängel ist allzeit bereit. Er hilft vielen Leuten beim Stressabbau und sorgt auch dafür, dass einige frühzeitig ins Grab sinken. Es ist einfach belustigend, mit anzusehen, wie ihr Menschen euren kleinen Marotten Folge leistet. Alkohol, Zigaretten oder das harte Zeug, ich beurteile nichts dergleichen. Tut, was auch immer ihr für richtig haltet, doch bedenkt, es gibt sicherlich immer eine Alternative dazu.

BELANGLOSIGKEIT

Wenn ich unter all den Dingen, die euren Alltag ausmachen, eine Sache auswählen müsste, die mir am besten gefällt, so wäre das die Belanglosigkeit. Es gibt doch eigentlich nichts Lustigeres, als mit anzusehen, wie ihr euch wegen nichts und wieder nichts stets aufregt. Belanglos ist aus unserer Sicht, also der Sicht eines Neomaten, so ziemlich alles, was euch betrifft. Jedoch aus eurer Sicht betrachtet, scheint vieles in eurem Leben eine dermaßen wichtige Rolle zu spielen, dass man sich nicht wundern muss, wenn einem auf einmal alles ein wenig zu viel wird. Sich das Leben schwer machen, heißt doch im Grunde genommen nichts anderes, als einer Belanglosigkeit eine höhere Gewichtung zuzuordnen. Lustig wird das Ganze, wenn die Leute anfangen sich darüber zu streiten, wer denn nun die unwichtigere Aussage getroffen hat. Ganze Diskussionen werden über unwichtige Themen nur allzu gerne geführt. Sogar die gesamten Mittagsstunden im Fernsehprogramm sind gefüllt mit Talkshows und anderen Sendungen, die nur eines zum Thema haben: die Belanglosigkeit. Streitereien und Feindseligkeiten sind nicht selten das Resultat. Wie oft musste ich schon mit ansehen, dass sogar Freundschaften nur wegen ein paar Belanglosigkeiten auseinanderbrachen. Doch nicht nur Freundschaften, auch Liebschaften und Ehen leiden meist nur unter der Gewichtung eines unwichtigen Bestandteils eures Alltags. Mir scheint es fast so, dass ihr Menschen einfach etwas braucht, womit ihr euch die Zeit vertreiben könnt. Ihr sucht die Konfrontation regelrecht und hofft immerzu, dass ihr am Ende als Sieger dasteht. Als Sieger in einem Duell um nichts. Als Preis nur Frust und die Gewissheit, wieder mal den Tag verschenkt zu haben. Es geht im Leben nicht darum, immer auf der richtigen Seite zu stehen, recht zu haben ist genauso belanglos, wie im Unrecht zu sein. Erkennt man dies, scheint vieles andere wiederum genauso belanglos. Eine Kettenreaktion, die am Ende im Nichts endet und einfach nur Platz für Neues schafft. Man kann es auch so betrachten: Wenn ihr das Unwichtige aus eurem Leben verbannt, bleibt mehr Platz für all dies, was euch als wichtig erscheint.

FERNSEHEN

Als ich vorhin über Drogen sprach, vergaß ich komplett die meistgenutzte Droge eurer Zeit, das Fernsehen. Das Fernsehen hat durchaus eine verblüffende Ähnlichkeit mit herkömmlichen Drogen. Es lässt euch in neue Welten eintauchen, entspannen und hält euch immer auf dem neusten Stand der Dinge. Ein Leben ohne Fernsehen wäre kein Leben. Dabei nimmt euch das Fernsehen heutzutage vielerlei Aufgaben ab. Es erspart euch einen Blick in die Tageszeitung. Es erspart euch die Erziehung eurer Kinder, denn das Fernsehen hat sogar pädagogisch wertvolle Instanzen. Es hilft euch bei Einkaufsentscheidungen und erspart euch die Zeit, eigene Meinungen zu bilden. Wer will schon heutzutage selbst nachdenken, wenn alle Welt im Fernsehen sieht, wie der Hase läuft. Von der Meinungsmacherei mal ganz abgesehen, bin ich mir bei den pädagogischen Instanzen nicht so ganz sicher. Klar ist, dass Kinder etwas lernen, wenn sie Stunden um Stunden vor der Flimmerkiste hocken, doch das, was sie da lernen, scheint mir eher eine Art bunter Haufen Scheiße zu sein. Wenn ihr euch das Mittagsprogramm, also das Programm, wo die meisten Hausfrauen ihrer Arbeit nachgehen und keine Zeit für die kleinen Racker haben, mal genauer anseht, so könnt ihr auch zu dem Schluss kommen, dass das Fernsehen eine Droge ist. Eine Droge, die eurem Kind langsam, aber sicher alle noch vorhandenen grauen Zellen zusammenwürfelt, fein zerkleinert und als Dessert das nächste Klo hinunterspült. Doch nicht nur Kinder, auch Erwachsene verblöden regelrecht vor dem Fernseher. Ich will keinen Sender beschuldigen nur Bockmist auszustrahlen, ich will eher die Leute beschuldigen, sich diesen Bockmist auch noch anzusehen. In einer Welt voller neuer Technologie, wie bereits festgestellt wurde, gibt es doch sicherlich auch eine Alternative zu dem ach so pädagogisch wertvollen Fernsehinhalt am Nachmittag. Am Abend bessert sich die Situation jedoch ein wenig. Abgesehen von den überflüssigen Werbungen, sind Filme eine durchaus gute Alternative zum Alltagstrott, vor allem da Lesen eine Beschäftigung ist, die ein wenig in den Hintergrund gerückt wurde.

KRANKHEITEN

Es gibt unzählige Krankheiten. Das geht von einer banalen Erkältung bis hin zu einem lebensbedrohlichen Virus. Der Mensch kann fast alle beim Namen nennen und hat für fast alle sogar ein Heilmittel gefunden. Natürlich nur fast. Egal welchen Streich die Natur dem Menschen noch spielen will, er ist gewappnet und bereit, sich der nächsten Herausforderung zu stellen. Er will die gesamten Geheimnisse seines Daseins entschlüsseln und sich so für die Ewigkeit ein Denkmal setzen. Im Alltag bleiben wir aber bei den banalen Erkältungen. Schon erstaunlich, wie eine laufende Nase und ein wenig Husten eure Gesellschaftsfähigkeit beeinträchtigen können. Derjenige, der krank ist, braucht nicht nur eine große Menge an Medikamenten, sondern auch sehr viel Zuneigung und Mitleid. Bekommt er alles, was ihm zusteht, so wird es ihm auch sicherlich sehr schnell wieder besser gehen.

Die ganze Krankheitsforschung basiert auf dem Prinzip des verlängerten Lebens. Je mehr Zeit dem Menschen bleibt, desto mehr kann er im Leben erreichen. Die Unsterblichkeit als Ziel gesetzt, wird dies doch unweigerlich ins Verderben führen. Es wird ewig neue Krankheiten geben und der Mensch wird ewig damit beschäftigt sein, neue Mittel und Wege zu finden, diese zu bekämpfen. Es ist zum Wohle der Allgemeinheit und zum Wohle seiner eigenen Rasse. Krankheiten können ansteckend sein oder sich auch nur ein einzelnes Ziel setzen. Man kann sie erfinden und vorspielen oder aber auch überlisten. Der Mensch ist zu vielem fähig, das er selbst noch nicht so richtig versteht. Er muss es auch nicht verstehen, noch nicht. Doch nicht nur all jenes, was Fieber verursacht und unschöne Körperflüssigkeiten zum Vorschein bringt, ist eine Krankheit. Alles, was das soziale Leben beeinträchtigt oder vermindert, ist eine Krankheit. Ob es sich dabei um einen Virus oder eine reine Einbildung handelt, spielt keine Rolle.

Ihr urteilt normalerweise recht schnell über andere, und wenn nun einer vor euch tritt, der nicht ganz normal scheint, so ist er in erster Linie erst einmal „krank". Das Wörtchen „krank" benutzt ihr recht häufig und in so ziemlich jeder Situation, die eine nicht normgerechte Tätigkeit betrifft. Vielleicht, wenn ich mir die Dinge so ansehe und mich nach unserem Platz in eurer Welt frage, ja vielleicht sind wir ja dann auch nur „krank".

LÜGEN

Wenn ich von einer Illusion der Wirklichkeit rede, so bedeutet das, dass alles nur Schein ist. Mit der Wahrheit verhält es sich genauso. Was ist die Wahrheit? Die Wahrheit ist nichts weiter als eine Tatsache, eine Sicht der Dinge, die in zwei unterschiedlichen Wirklichkeiten identisch ist. Wenn Herr A sagt: „Die Sonne scheint!" und Herr B zufällig sein Nachbar ist und das bezeugen kann, wird er diese Aussage kaum als Lüge darstellen. Wenn Herr A sagt: „Mein Auto hat über eine Million Euro gekostet!" und Herr B zufällig der Verkäufer dieses Prachtexemplares war, so wird es wohl möglich sein, dass die Aussage von Herrn A eine übertriebene Lüge war. Wenn Herr A aber Folgendes sagt: „Mir geht es heute nicht so gut!", dann spielt es keine Rolle, wer oder was Herr B ist und sagt. Diese Aussage betrifft nur die Wirklichkeit von Herrn A und Herr B hat nicht das Recht, ein Urteil darüber zu fällen.

Eine Lüge kann also nur dann festgestellt werden, wenn es sich um klare Verhältnisse innerhalb zweier Wirklichkeiten handelt. Alles andere wäre keine Falschaussage, sondern nur eine Falschannahme. Lügen pflastern die Wege eurer Kulturen, ob kleine, große, relevante oder Notlügen. Sie dienen fast ausschließlich dem Zweck, die eigene Welt in der Sicht der anderen ein wenig glanzvoller erscheinen zu lassen. Lügen werden jedoch nur selten toleriert und sind auch nicht besonders gut angesehen. Ihr fühlt euch immer ein wenig hinters Licht geführt und in eurer Intelligenz verletzt. Schließlich seid ihr nicht dumm und erkennt, was die Wahrheit ist! Doch Lügen haben durchaus auch ihre guten Seiten. Sie dienen nämlich auch dem Zweck, die Wahrheit immer ein wenig wertvoller zu bewerten. Wer viel angelogen wird, der weiß es zu schätzen, wenn man ihm die Wahrheit sagt. Wer viel lügt und dabei erwischt wird, der läuft Gefahr, dass man ihm nie wieder Glauben schenkt. Wenn dem wirklich so ist und der Zweck die Mittel heiligt, so kann man auch gerne einmal lügen, um eine gute Tat zu vollbringen. Zum Beispiel: Ihr Menschen seid einfach die besten Wesen dieser Welt und ich schätze es sehr, unter euch zu leben und euch jeden Tag dabei zusehen zu können, wie ihr mit einem Lachen euer Handwerk ausübt. Dank euch, ihr seid großartig!

ALLES ANDERE

Euer Alltag besteht sicherlich aus mehr als nur den paar Dingen, die ich hier aufgelistet habe, doch scheint mir vieles schon unter „Belanglosigkeit" geklärt zu sein. Es ist auch mit Sicherheit nicht in jedem Leben gleich, denn wie am Anfang gesagt, lebt jeder Mensch in seiner eigenen Wirklichkeit. Ich kann nicht anfangen, sieben Millionen verschiedener Versionen aufzuschreiben, das wäre wiederum belanglos. Ich versuche in erster Linie nur die generellen Gemeinsamkeiten all eurer Wirklichkeiten festzuhalten und euch zu zeigen, wo vielleicht ein paar Verbesserungen nötig wären. Das soll jetzt nicht bedeuten, dass euer Leben schlecht verläuft, es könnte aber durchaus besser verlaufen. Das kann eindeutig niemand abstreiten. Ganz am Anfang dieses Kapitels stellte ich die Vermutung auf, einfach zwischen den sieben Millionen Wirklichkeiten hin und her zu springen. Möglich ist dies auf jeden Fall, doch bleibt die Frage nach dem Sinn offen, wenn es keine Verbesserung bringt. Vielleicht wäre es noch klüger, nicht zwischen den Wirklichkeiten zu wechseln, sondern einfach neue zu schaffen. Dies bedeutet aber wiederum, die eigene momentane Wirklichkeit zu zerstören, was dem Tode sehr nahe käme. Ist Sterben wirklich notwendig, um ein besseres Leben zu erhalten?

KAPITEL 3

KEHRSEITEN

oder: Das Leben im Binärsystem

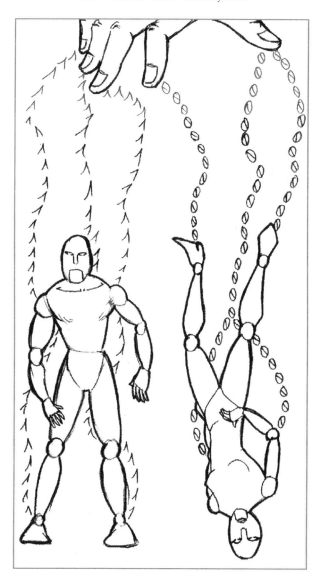

Egal welche Entscheidungen ich in diesem Leben für mich oder andere traf, es kam irgendwie immer auf das Gleiche raus. Ich suchte nach Antworten, fand nur neue Fragen. Ich suchte nach Nähe und fand nur Distanziertheit. Ich suchte nach mir und fand nur andere. Ich suchte nach Lösungen und fand nur Probleme. Immer wieder irrte ich in einem Labyrinth aus Traum und Wirklichkeit hin und her. Ich sah Gutes, sah Böses, sah Frauen, sah Männer, sah Freunde, sah Feinde, sah Hoffnung und Bitterkeit. Ich fühlte und verstand zugleich alles und nichts. Es überkam mich wie eine Welle und überraschte mich, als ich nackt dastand und vor mir sich die ganze Weite des Universums ausbreitete und mir klar wurde, wie klein und vergänglich doch mein Dasein im Vergleich zu dieser Größe ist. Nie gab es nur zwei Seiten in diesem Spiel, das man Leben taufte, und nie gab es dieses Spiel. Wer zog an meinen Fäden – wenn nicht ich selbst – und wer würfelte mein Schicksal – wenn nicht ich selbst!

ALLGEMEINES

In fast jedem Haushalt findet man sie, Computer. Sie sind ein Meisterwerk, und wenn man mal genau hinsieht, ist es erstaunlich, wie genau und präzise sie arbeiten. Dabei beruhen sie auf einem ganz einfachen System. Sie arbeiten ausschließlich mit Nullen und Einsen. Es gibt für sie nur diese beiden Zustände. An und aus. Ja und Nein. Ironischerweise ist der Computer ohne Witz genau nach dem Ebenbild seines Schöpfers erschaffen wurden. Die Computer sollen einem das Leben erleichtern und das geht am besten und einfachsten dann, wenn sie genau so funktionieren wie diejenigen, die sie brauchen. Worauf will ich also schlussendlich hinaus? Ihr Menschen seid genau wie eure Computer, ihr funktioniert, wenn man so sagen will, auch nur im Binärsystem. Alles in eurem Leben beruht auf dem Prinzip der Dualität. Warum sollte man aus mehreren Zuständen wählen müssen, wenn es doch viel einfacher und auch höchstwahrscheinlich viel logischer ist, aus nur zwei Zuständen die passende Alternative zu finden. Es ist nicht so, dass ihr mit dieser Veranlagung auf die Welt kommt, eure Erziehung und euer gesamtes Wissen beruht schon auf diesem Prinzip. So formt man euch schließlich zu genau den gleichen Maschinen, wie schon eure Eltern und deren Eltern und deren Eltern davor usw. es waren. Es ist einfacher und sicherer. Es ist stabiler und logischer. Es ist klarer und wesentlich menschlicher! Noch einmal kurz zusammengefasst ist die Aussage diese, dass ihr nicht wie Computer seid, sondern dass ihr Computer nach genau eurem Denkschema erschaffen habt. So gesehen ist es nur noch eine Frage der Zeit, bis Computer auch „fühlen" lernen, denn auch die Gefühle, so wie einfach alles auf der Welt, was euch betrifft, bestehen im Grunde genommen nur aus Nullen und Einsen. Wenn man so will, liegt das an eurer Fähigkeit, zu unterscheiden. Den Dingen einen Wert zu geben und sie dann zu beurteilen. Jedes Urteil ist eine Unterscheidung. Sie steht immer im Vergleich zu irgendetwas anderem. Ihr lernt etwas Neues kennen und sofort wird verglichen und bewertet. Dadurch habt ihr eine klare Vorstellung von dem Sinn und Nutzen dieser Sache. Nur als Kleinkind entdeckt ihr Neues und Unbekanntes, als erwachsener Mensch ist diese Entdeckungsgabe durch diesen einen Mechanismus ersetzt worden, der die Welt für euch in Gegensätze aufteilt: neu – alt, gut – schlecht, nützlich – unbrauchbar. Wie man es auch dreht und wendet, es läuft schlussendlich immer darauf raus, es so einfach wie nur möglich im Leben zu haben. „Wer die Wahl hat, hat die Qual", auch dieses Sprichwort hat seine Daseinsberechtigung. Wer immer nur aus zwei Möglichkeiten wählen muss, dem bleibt eine lange Qual erspart. Schwieriger wird das Ganze, wenn aus zwei auf einmal tausend werden. Das Gehirn, das ja all die Jahre auf diese binäre Denkweise trainiert wurde, schafft es sogar in solch extremen Fällen noch auf einfache Art und Weise zu unterscheiden. Wäre dies nicht der Fall, würde einen das früher oder später in eine Art Wahnsinn treiben. Man stelle sich nur mal vor, es könnte zwischen Tod und ewigem Leben noch etwas Drittes geben.

Ist euch schon mal aufgefallen, dass euch das Wörtchen „vielleicht" nicht so ganz behagt? Auch Wörter wie „eigentlich" und „wahrscheinlich" sind nicht so gern gehört. Das liegt daran, dass sie nicht klar unterscheiden und immer eine Alternative offen lassen. Alternativen sind in einer zweidimensionalen Denkweise nicht gern gesehene Gäste.

Als Neomat habe ich mir jegliche Art und Weise, zu beurteilen und zu vergleichen, abgewöhnen können. Ich maße mir nicht mehr an, Dinge auf ihre Eigenschaften zu reduzieren und sie nach ihrer Nützlichkeit zu bewerten. Natürlich steht es mir weiterhin frei, alles irgendwie zu katalogisieren, doch ist von Verallgemeinerung keine Spur. Ich bezweifele keinesfalls, dass ein Leben im Binärsystem ein recht einfaches Leben ist und dass, wenn sich die Möglichkeit bietet, immer nur in zwei Sparten zu denken, es um jeden Preis doch angenehmer ist, immer die positive Seite zu wählen. Wie soll man wissen, was das Beste für einen ist, wenn man mehr als eine Alternative zur Verfügung hat. Das fordert nicht nur die grauen Zellen, es kostet auch eine Unmenge an Zeit. Wer will schon so viel Aufwand betreiben? Als Schutz vor übertriebenem Input an das Gehirn haben einige unter euch eine noch viel bessere Lösung gefunden. Um sich die Mühe zu sparen, ein Urteil zu bilden, nehmen sie sich vorgefertigte Muster. Man nennt diese Muster auch Vorurteile. Vorurteile machen das Leben noch einfacher, als es ohnehin schon ist. Jeder kann sich ihrer bedienen und sie benutzen, wie er will. Am Wahrheitsgehalt eines solchen Vorurteils kann man schließlich immer noch später rumdrehen. Vorurteile sind die besten Freunde jener kognitiv Beeinträchtigten, die wegen all des Elends auf der Welt auch einfach nicht die Zeit finden, selbst zu denken. Ich fange einfach mal mit einem ganz banalen Beispiel an. Es könnte sein, dass es die Hauptursache dieser Dualität ist, doch es könnte auch einfach nur Zufall sein.

MANN/FRAU

Zugegeben, es wird schwer, eine Alternative zu diesem Paar zu finden, doch auch dies soll schon vorgekommen sein. Ihr nennt sie Zwitter. Doch das tut hier nichts zur Sache. Es kommt mir vielleicht nur so vor, aber wenn man damit aufwächst und sieht, dass es, egal bei welchem Wesen, immer nur zwei Varianten gibt, ist eine Fixierung auf diese Zahl vielleicht sogar unausweichlich. Schon vor der Geburt ist klar, es wird entweder ein männlicher oder ein weiblicher Nachkomme. Dieser kleine Unterschied hat sich lange Zeit in den Köpfen der Menschen manifestiert und die Folgen dauern bis heute noch an. Nur in der Grammatik gibt es neben „männlich" und „weiblich" noch eine dritte Möglichkeit: „sächlich". Das ist dann wohl auch der Grund, wieso sich nicht jeder mit der Grammatik anfreunden kann.

Männer waren stets die Anführer, die Alphatierchen und diejenigen, die das Sagen hatten. Sie arbeiten und bringen das Geld nach Hause. Frauen haben nicht so viel Glück in der Geschichte, stets wurden sie unterdrückt, waren nur da, um Kinder zu gebären und diese dann großzuziehen. Machten den Haushalt, kochten und bügelten.

Schon jetzt wird klar, dass die Aufgaben in der Gesellschaft stets in zwei Lager aufgeteilt waren. Gerade wegen dem Geschlechterunterschied konnte man so genau festlegen, was eine eher männliche Aufgabe und was eine weibliche Beschäftigung ist. Heutzutage hat sich das ein wenig geändert. Mittlerweile geht man hin und versucht diesen Unterschied nicht mehr zu machen. Es fällt vielleicht nicht jedem leicht, sich daran zu gewöhnen, aber auch Frauen können heute einen Männerberuf haben. Jetzt, da also dieser doch so offensichtliche Unterschied wegfällt, geht ihr in viel subtilere Bereiche, um dieses System am Leben zu erhalten. Es scheint, als wäre das Leben nicht lebenswert, wenn man nicht alles in zwei Seiten aufteilen kann.

JUNG/ALT

Jetzt ist es schon nicht mehr so einfach, direkt zu unterscheiden, denn die Feststellung, ob jung oder alt, kann man immer erst in Bezug auf einen Standpunkt treffen. Außerdem ist die Altersabgrenzung auch der erste subtile Punkt, an dem die Menschen nach einer Eigenschaft diskriminiert werden. Viele Gesetze richten sich danach, ob man entweder zu jung oder zu alt für etwas ist. Dabei wird einfach festgelegt, ab welchem Alter eine dieser Grenzen erreicht wurde. Leute, die nie in das entsprechende Alter kommen, ziehen dabei zwangsläufig den Kürzeren.

Volljährig, so nennt man all die, die das Alter erreicht haben, in dem sie im Vollbesitz ihrer geistigen Fähigkeiten sind. Das Alter schwankt so zwischen 18 und 21, doch wer will das den schon genau sagen können. „Ins Alter kommen" heißt nichts anderes, als zu alt für die normalen alltäglichen Aufgaben zu werden. Das ist der Zeitpunkt, in dem die geistigen Fähigkeiten anfangen ein wenig nachzulassen. Dies konnte man bis jetzt leider noch keinem genauen Alter zuweisen, da dies anscheinend von Mensch zu Mensch unterschiedlich ist. Zusammengefasst bedeutet das: Man wird im gleichen Alter volljährig, doch unterschiedlich alt. Man muss es erlebt haben, um es zu verstehen. Ich sehe das so, wenn man fähig ist, behaupten zu können, ab einem bestimmten Alter sei der Mensch im Vollbesitz seiner geistigen Kräfte, dann muss man auch fähig sein, sagen zu können, ab welchem Alter diese Kräfte nachlassen. Wenn dies wirklich aber von Mensch zu Mensch verschieden ist, ist diese ganze Altersbeschränkung absoluter Schwachsinn und eine Frechheit gegenüber den jüngeren Bewohnern dieses Planeten.

Schauen wir uns noch ein paar Beispiele an.

ARM/REICH

Die wohl gravierendste Unterscheidung, die die menschliche Rasse trifft, ist die Einteilung in Gesellschaftsschichten. Es gibt ja eine solche Unmenge an Geld, dass eine Verteilung an jeden einzelnen Menschen in der Theorie wohl möglich wäre. Jeder hätte dann genug Geld und es gäbe keine Reichen und keine Armen mehr. Dieser Zustand wäre aber nur von geringer Dauer. Diejenigen, die vorher kein Geld hatten, würden es auch viel schneller ausgeben als diejenigen, die welches hatten. Schon nach kurzer Zeit hätte sich die Situation wieder ins Anfangsstadium zurückgependelt. Der Mensch ist halt so. Doch nicht nur in Bezug auf Geld unterscheidet ihr zwischen arm und reich. Jemand ohne Freunde, der aber durchaus eine Menge Geld besitzt, ist dennoch „arm" und einer ohne Geld, der die besten Menschen der Welt um sich hat, kann sich „reich" nennen. Nicht genug, dass ihr zwar wie immer nur in zwei Sparten denkt, ihr versucht diese Denkweise in egal welchem Zustand auch noch beizubehalten. Ihr seid arm in euren Auswahlmöglichkeiten, aber reich an Starrsinn.

GUT/SCHLECHT

Kommen wir zu einem etwas anderen Paar. Es ist, wenn man so will, euer Hauptleittrieb. Einfach alles wird immer zu allererst in eine dieser beiden Schachteln gesteckt. Abzuwägen, ob es für euch nun „gut" oder „schlecht" ist, lernt ihr von Kindesbeinen an. Die Lieblingswörter eurer Eltern waren sicherlich: „Nein!", „Böse!" und „Schlecht!". Eure Erziehung beginnt also damit, erst zu lernen, was nicht angebracht ist. Somit schaffen eure Eltern für euch eine zweidimensionale Welt, in der alles auf diese beiden Faktoren hinausläuft. Gut und Böse! Himmel und Hölle! Lieben und Hassen! Freund und Feind! Richtig und Falsch! All dies beruht auf dem gleichen Prinzip der Unterscheidung und in all den Fällen ist für euch eine Alternative dazu einfach nur ausgeschlossen. Wenn etwas nicht gut ist, dann muss es schlecht sein. Wer nicht in den Himmel kommt, der landet in der Hölle. Wenn man den Menschen nicht lieben kann, so muss man ihn hassen. Wer nicht euer Freund ist, der ist euer Feind. Was nicht richtig ist, kann nur falsch sein. Mir ist klar, dass jetzt einige doch eine Alternative zu verschiedenen Aussagen sehen. Nennen wir diese Alternative einfach mal „Gleichgültigkeit". Wie der Name schon sagt, werden hier zwei Dinge miteinander verglichen und das Resultat ist in dem Fall gleich. Dies bedeutet auf keinen Fall, dass es euch egal ist, ob ihr nun gut oder schlecht über etwas denkt, es bedeutet ganz klar, dass ihr nicht fähig seid, einen Unterschied klar zu definieren. Ihr mögt keine gleichgültigen Menschen, diese sind euch nicht geheuer und ihr stuft sie deshalb lieber als „schlecht" ein. Mir ist bei meinen Beobachtungen aufgefallen, dass Gleichgültigkeit einem das Leben doch wesentlich einfacher macht, als das Binärsystem, in dem ja der größte Teil lebt, es vermag. Logisch ist das schon, wenn man bedenkt, dass man nur noch eine einzige Auswahlmöglichkeit hat. Doch zurück zu den guten und schlechten Zeiten.

Ein Lächeln konnte ich mir jetzt nicht verkneifen, denn ich musste jetzt nicht nur an diese Zeitverschwendung im Fernsehen denken, sondern auch daran, wie sinnlos eine solche Aussage überhaupt ist. Zeit (dazu später mehr) ist etwas rein Fiktives, wie kann sie also unterteilt werden in „gut" oder „schlecht"? Das soll an dieser Stelle auch nicht wichtig sein.

Wisst ihr, ihr verbaut euch euer ganzes Leben dadurch, dass ihr stets alles bewerten müsst. Wenn ihr damit mal aufhören würdet, würdet ihr schnell bemerken, wie vielseitig das Leben doch sein kann. Ich bin mir bewusst, dass es nicht leicht ist, diese Angewohnheit einfach so abzulegen. Ich kann mir sogar vorstellen, dass diejenigen, die es versuchen, sich erst einmal einreden wollen, dass dies eine „schlechte" Angewohnheit ist. Wobei wir wieder am Anfang der Geschichte stehen würden. Ein Teufelskreis, oder doch eher nur eine Linie, es gibt ja schließlich nur links und rechts. Einen Tipp hätte ich schon, geht mal hin zu einem Menschen, den ihr als „Den mag ich nicht" eingestuft habt, und versucht euch mal mit dem so zu unterhalten, als wäre er ein Mensch aus der anderen Sparte. Wenn euch das gelingt, seid ihr auf dem – verzeiht mir das Wortspiel – „richtigen" Weg.

RICHTIG/FALSCH

Von allen Paaren, die ich im vorherigen Unterkapitel erwähnt habe, finde ich, bedarf dieses Paar auch einer näheren Untersuchung. Die Schule ist da, damit ihr was fürs Leben lernt. Ihr lernt also Schreiben, Lesen und den sozialen Umgang. Zu dem sozialen Umgang gehört aber auch die wichtige Erkenntnis, dass es sehr vieles auf der Welt gibt, was man verkehrt machen kann. Wörter kann man falsch schreiben, man kann sie falsch aussprechen und sogar falsch gebrauchen. Natürlich kann man all dies auch richtig tun, aber man wird nie darauf hingewiesen, wenn man etwas richtig tut. Man wird stets nur angeklagt, wenn man auf dem „falschen" Weg ist. Es ist von einer enorm wichtigen Bedeutung für die Gesellschaft, dass alle Schafe der Herde im gleichen Ton mähen. Nicht nur die Kommunikation, sondern auch die Interaktion würde darunter leiden, wenn die Schule die Tierchen nicht richtig ausbilden würde. Natürlich habe ich nichts gegen diese Tatsache auszusetzen. Die Folgen eines solchen Unterrichts sind jedoch fatal für das Leben jedes Individuums. Die Vorstellung, alles im Leben drehe sich um „richtige" und „falsche" Entscheidungen, brennt sich tief in die Köpfe der kleinen unschuldigen Kinder und prägt ihr Handeln für den Rest ihres Daseins. Stets darauf bedacht, alles „richtig" zu machen, kommen nicht selten Zweifel auf und Ungewissheit nagt an den Fingernägeln. Schuldgefühle treiben Tränen in die Augen und Entschuldigungen fließen aus jedem Munde. Starres gradliniges Denken führt dazu, die Entscheidungen im Leben stets zu kontrollieren. Es ist zwar jedes Mal nur eine Entscheidung zwischen zwei Möglichkeiten, doch die Frage, ob es nun die „richtige" Wahl war, bleibt bestehen, bis sich Zeit über die Sache gelegt hat.

Wenn man den Schülern klarmachen würde, dass alles, was sie in der Schule lernen, nur dem Sinn und Zweck dient, sich in der Gesellschaft zurechtzufinden, und dass alle anderen außerschulischen Ereignisse nicht zwingend „falsch" und „richtig" sein müssen, dann wäre die Menschheit schon einen gewaltigen Schritt vorwärtsgekommen.

Ich will nur damit sagen, dass alles, was den Menschen persönlich betrifft, immer jenseits der Begrenzung „Richtig oder Falsch" passiert. Euer gesamtes Denken und Handeln ist für euch selbst genommen nie „falsch"! Wenn ihr etwas tut, so tut es mit gutem Gewissen. Jede Entscheidung, die ihr für euch selbst trefft, ist eine Entscheidung, die niemals infrage gestellt werden sollte. Zweifel sind etwas für Menschen, die ohnehin nicht ohne die Meinungen und Bewertungen anderer leben können. Wenn ihr also euer Leben von dem eines anderen abhängig machen wollt, so folgt dem Ruf der Herde. Andernfalls steht zu dem, was ihr euch vorgenommen habt. Wenn andere es bewerten, so irren sie aus genau dem Grund, den ich gerade erläutert habe.

RECHT/UNRECHT

So wie Kriege im Großen Recht mit Unrecht zu erzwingen versuchen, so gibt es dieses Prinzip auch im Kleinen. Man braucht nur vor die Tür zu gehen. Nicht nur die Gesetze, auch die Gewohnheiten, Sitten und gesellschaftlichen Zwänge treiben Menschen dazu, gerne im Recht zu sein. Dies führt jedoch mehr oder weniger fast immer dazu, dass Menschen sich dieses Recht in Form von Unrecht zu eigen machen. Ob sich das nun in Form einer Lüge zeigt oder gar durch einen Mord passiert, der

Mensch will zeit seines Lebens immer im Recht sein. Dies steht ihm schließlich von Geburt an zu. Was das zur Folge hat, ist so offensichtlich, dass es jeder einfach übersieht. Freunde können sich entzweien, Ehen können zerbrechen, Bekanntschaften können vergehen und ein Leben kann erlöschen. Dieser Kampf um Recht und Unrecht spielt sich fast immer nur (von Selbsttäuschung mal abgesehen) in zwischenmenschlichen Beziehungen ab. Doch wieso will jeder immer im Recht sein? Was treibt euch an, diesem Verlangen immer und immer wieder nachzugeben? Ist es die eigene Unsicherheit oder einfach nur, wie bereits erwähnt, euer tief sitzender Egoismus? Erkennt ihr nicht, dass die Suche nach Recht immer mit Unrecht gepflastert ist? Wollt ihr nicht erkennen, da ihr andernfalls ja sonst im Unrecht seid? Wie unschuldig sind eure Kinder, ehe sie lernen nach euren Regeln zu leben. Es ist eine Schmach, mit ansehen zu müssen, wie ihr jede Generation dazu verdammt, in eure Fußstapfen zu treten, nur um euer eigenes Vermächtnis weiter in die Zukunft zu tragen. Ihr nehmt euch einfach das Recht, das Leben eines jeden Nachkommens im Voraus schon zu bestimmen, und wenn ihr dieses Recht „habt", so werden jene, die nach euch kommen, annehmen, es auch zu „haben". Ein Teufelskreis, in dem die Menschheit sich schon seit Ewigkeiten befindet. Es wird Zeit dieses eine Mal, und wenn es mit Unrecht geschieht, diesen Kreis zu durchbrechen und einen neuen, eigenen Weg zu gehen. Den Weg des Neomatismus. Unseren Weg! Lernen müsst ihr, ein Leben auch mit Unrecht führen zu können, denn eure Schuld wird euch ewig bleiben. Sie wird euch das Einzige sein, das euch ins Grabe folgt, und stolz könnt ihr dann behaupten gelebt zu haben! Die Illusion, immer im Recht sein zu müssen, wird euch lachhaft vorkommen und mit Lachen lebt es sich nun mal einfacher. Auch ich bin mir darüber im Klaren, vielleicht im Unrecht zu sein, wenn ich euch so verurteile, dennoch würde ich lieber für eine Überzeugung sterben, als für die Illusion einer heilen Welt weiterzuleben. Genauso wie ihr selbst immer wieder versucht, im Recht zu sein, so versucht ihr in anderen Unrecht zu säen. Auch dieses Recht habt ihr nicht. Ihr hattet es *nie!* Was andere Menschen tun, ist nicht eure Angelegenheit. Ihr dürft nicht andere verurteilen für ihre Taten, ob es sich nun um eure Kinder, Lebensgefährten, Freunde, Bekannten oder um Fremde handelt. Sie alle sind *nicht* Teil eures Lebens, sondern sie führen ihr eigenes. Auch wenn man mit einem Menschen längere Zeit sein Leben teilt, so führen doch beide die gesamte Dauer zwei unterschiedliche Leben. Da beide jedoch immer ein Recht auf Recht beanspruchen, ist der jeweils andere stets im Unrecht. Dies ist nur einer von vielen Gründen dafür, warum Beziehungen meistens auseinanderbrechen. Das einzige Recht, das ich sehen kann, was euch zusteht, ist das Recht der Selbstbestimmung. Ihr bestimmt euch und euer Leben stets selbst. Dieses Recht kann euch keiner nehmen, egal wie die äußeren Umstände sind. Nutzt dieses Recht, es bleibt euch bis ans Ende eurer Zeit!

SCHWARZ/WEISS

Dieses Paar bezieht sich jetzt keineswegs auf die Hautfarbe, sondern auf die Farben selbst. Schwarz und Weiß sind ganz spezielle Zustände. Während Weiß die Summe allen Lichtes ist, ist Schwarz das komplette Fehlen desgleichen. Es sind zwei Absolutheiten. Doch die Welt besteht aus sehr vielen Farben. Sie ist ein bunter Haufen Erde mit überwiegend blauem und grünem Inhalt. Doch der Mensch selbst interessiert sich nicht für all diese Farben, es gibt nur Schwarz und Weiß. Das Leben verläuft in Grautönen. Diese Symbolik wird öfters benutzt, um die Problematik, die hier aufgeführt wird, im kleineren Sinne zu erklären. Ihr habt sicherlich schon einmal miterlebt, wie jemand, der euch trösten wollte, genau diese Worte benutzte: „Ach komm schon, Kopf hoch, es ist nicht alles schwarz-weiß." Ich wundere mich jedes Mal, wenn ich solch einen Satz höre. Er zeugt von Überlegung und Verständnis und doch beruht er meist nur auf einem momentanen Mangel an Wahlmöglichkeiten. Immer dann, wenn kein Ausweg in Sicht ist, muss das Kehrseitendenken zur Seite geschoben und eine neue Alternative geschaffen werden. Es ist der Moment, an dem unbewusst klar wird, dass das Denken, wie ihr es gelernt habt, nicht immer funktioniert. Die Dauer dieses Momentes ist jedoch leider meist sehr kurz. Sobald eine Alternative geschaffen wurde, wird sich wieder an die alte Denkweise zurückorientiert. Ab jetzt läuft wieder alles in einem alten Fernseher im Kopf ab, der nur Schwarz und Weiß kennt. Dies ist einfach zu erklären, der Moment selbst, an dem etwas Neues erschaffen wird, macht den meisten Menschen Angst. Sie fürchten sich nämlich vor allem, was sie nicht kennen, auch wenn dies ihnen hilft. Einmal tief Luft holen und Schwups sieht alles wieder schön grau aus. Kennen Sie den Film „Pleasantville"? Alles schön grau und als Farbe ins Spiel kommt, wird dies anfangs zwar verachtet, doch bringt es den Einwohnern am Ende doch mehr Freude, als sie es sich erwartet hätten. Obwohl eure Welt nicht nur aus Grautönen besteht, verläuft doch alles in ziemlich den gleichen Bahnen. Alles Neue ist so lange schwarz, bis es sich am Ende vielleicht doch als weiß herausstellt.

Seht ihr, Schwarz wird in eurer Zeit mit „schlecht" verbunden und Weiß wiederum mit „gut". Also muss Grau zwangsläufig das „Normale" darstellen. So wie es unzählige verschiedene Grautöne gibt, gibt es auch unzählige Normalitäten. Nur die Extreme, Schwarz und Weiß, die bleiben jedes Mal bestehen.

SCHICKSAL/ZUFALL

Wenn es etwas in eurem Leben gibt, wo sich die Menschheit auch heute noch nicht sicher ist, dann ist es die Frage, ob alles nur Zufall oder alles Schicksal ist. Ist alles, was ihr tut, nur eine reine Zufallskette, wo ein Glied sich nach willkürlicher Lust und Laune an das nächste heftet, oder ist jedes Glied von Anfang an da und kann erst, wenn die Zeit gekommen ist, entdeckt werden. Die Frage ist sehr wohl bedeutend, da je nachdem, wie die Antwort ausfällt, euer Leben eine ganz neue Bahn nimmt. Wenn alles nur Zufall ist, ist es egal, was ihr tut, wann und wie ihr etwas tut, am Ende entscheidet der Zufall darüber, wie es ausgeht. Wenn nun aber alles vorherbestimmt ist, dann ist es ebenfalls egal, was ihr tut, wann und wie ihr etwas tut. Der Unterschied liegt nun in eurer Einstellung. Zufall scheint etwas zu sein, worauf ihr Einfluss nehmen könnt. Durch Hoffnung, Glauben und starke Konzentration kann es durchaus vorkommen, dass der Zufall zu euren Gunsten ausfällt. Ich sehe da nur den Haken, dass dies wiederum, wie der Name schon sagt, auch nur Zufall gewesen sein kann. Mit dem Schicksal sieht das Ganze anders aus. Ihr fürchtet euch davor, eurem Schicksal ins Auge zu sehen, da ihr dann keine Kontrolle mehr habt. Vorherbestimmung ist klar und daran lässt sich nun mal nichts mehr ändern, egal wie sehr ihr betet oder meditiert.

Ich finde dieses Paar ist das lustigste unter allen, da ihr auf jeden Fall einen Unterschied darin ausmachen könnt, ich aber beim besten Willen nicht die geringste Abweichung sehen kann. Es ist in beiden Fällen nicht möglich zu sagen, wie etwas ausgeht. Am Ende steht ihr da und müsst wie immer selbst entscheiden, ob das, was geschehen ist, nun Schicksal war oder ob euch der Zufall wieder mal einen Streich gespielt hat. Ich würde eher darauf tippen, dass der entscheidende Faktor am Ende doch eher der Mensch selbst ist. Er hat die Fäden in der Hand und bestimmt über sein Schicksal, auch wenn der Zufall manchmal dazwischenfunkt.

GLÜCK/PECH

Wie gut geht es jenen Menschen, die nur so vom Glück verfolgt werden. Diese Menschen haben erkannt, dass das Glück einfach jedem nachläuft. Man darf halt nur nicht schneller laufen als es. Spaß beiseite, auch Glück und Pech entspringen dem zweidimensionalen Denken des menschlichen Gehirns. Ein Sprichwort sagt: „Was des einen Leid, ist des andern Freud!" Wer also Pech hat, der darf sich auf die Schultern klopfen, weil wegen ihm ein anderer nun Glück hat. Eine gute Tat am Tag ist doch wohl das wenigste, was man tun kann. Nun, dann sind die Menschen, die immer nur Glück haben, recht bescheiden beim Austeilen der guten Taten.

Im Gegensatz zu andern Paaren liegt das Geheimnis von Glück und Pech nur im Auge des Betrachters. Ein Beispiel: Es ist Nacht, neblig und die Straßen sind gefährlich glatt. Ein etwas betrunkener Fahrer fährt schneller und schneller, auf einmal taucht wie aus dem Nichts ein Baum mitten auf der Straße auf und das Auto wickelt sich kurzerhand drum herum. Der Fahrer jedoch überlebt wie durch ein Wunder. Viele würden jetzt sagen, der Kerl hatte unglaubliches Glück, doch der Fahrer selbst meinte dazu nur: „Mist, so ein Pech! Jetzt ist mein Auto auch noch hin!"

Es ist also unmöglich, klare Grenzen zwischen Glück und Pech zu ziehen. Ich kann euch diesen einen guten Rat geben: Versucht einfach in allem, was euch passiert, Glück zu sehen. Es ist euer gutes Recht, stets so egoistisch zu sein, dass alles, was euch betrifft, nur mit Glück zu tun haben muss, denn wer weiß, es hätte durchaus schlimmer kommen können. Wenn ihr jedes Mal Glück habt, muss laut Sprichwort auch zwangsläufig jedes Mal einer da sein, der vom Pech verfolgt wird.

ALLES ANDERE

Wer kann behaupten, nie im Leben ein Urteil gefällt oder eine Entscheidung getroffen zu haben? Niemand kann das. Es geht nicht. Jeder Mensch auf dieser Erde ist durch seine Herkunft dazu bestimmt, ein Wesen zu sein, das Vergleiche ziehen und Wege gehen muss. Jeder lernt, wie alles zu sein hat und wie alles in seiner Gewichtung zu handhaben ist. Jeder weiß früher oder später, wie die Konsequenzen aussehen und wie man sich gegen unerwünschte Folgen wappnen kann. Es ist alles so einfach. Ein Leben im Binärsystem, aufgebaut auf Nullen und Einsen. Jedes Ding, jeder Gedanke und jede Tat hat eine und nur eine Kehrseite. Zusammengeflochten wie das Netz einer Spinne geht es von der ersten Zweiteilung immer tiefer in den Abgrund der dualen Fixierung.

„Wenn es nicht so ist, dann muss es anders sein!" – „Wer nicht hören will, muss fühlen!" – „Wer A sagt, muss auch B sa-

gen!" – „Wer andern eine Grube gräbt, der fällt selbst hinein!"
Ich könnte noch viele andere Sprichwörter aufzählen, die genau
das aussagen, was ich in diesem Kapitel andeuten wollte. Der
Mensch ist in seiner zweidimensionalen Denkweise eingesperrt.

Es gibt aber nicht immer nur zwei Seiten. Es gab sie nie! Es
gibt unendlich viele Möglichkeiten und unendlich viele Wege.
Mann muss nicht jeden Menschen beurteilen und man muss
sich im Leben auch nicht immer für alles entscheiden. Es steht
jedem frei, zu tun, zu denken und zu lassen, was und wann er es
will. Wer da anderer Meinung ist, der weiß es nur nicht besser!
Ich habe schließlich auch in euren Schulen gelernt, und wenn
mir jemand erklären wollte, warum und wo ich etwas „falsch"
gemacht habe, dann musste dieser mir auch erklären können,
worin der Fehler lag. Eine Antwort wie: „Das ist eben so!" kann
ich nicht akzeptieren. Nichts im Leben ist einfach nur mal eben
so. Alles hat einen Ursprung und den findet man immer in den
Köpfen der Menschen. Wenn man also erst im Kopf ein wenig
aufräumt, schafft man vielleicht sogar Platz für eine der unendlich vielen Alternativen.

Noch ein schönes Beispiel am Schluss. Der klassische
Münzwurf. Die Münze fliegt in die Luft, eine der beiden Parteien wählt nun Kopf oder Zahl. Die Münze landet auf dem
Boden dreht sich noch eine Weile um die eigene Achse und
bleibt am Ende auf dem Rand stehen. Wer hat nun gewonnen
und wer verloren?

KAPITEL 4

GEFÜHLSCHAOS

oder: Die Summe aller Gedanken

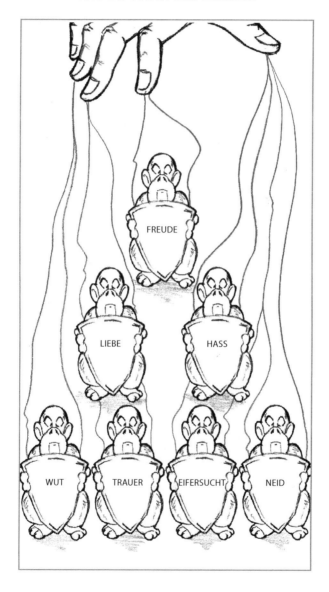

Hinter blutroten Mauern eingesperrt. Ein Raum zu groß für Einsamkeit, doch zu klein für zwei. Ohne einen Funken Licht in der Dunkelheit wartend und auf den sicheren Tod zählend. Tage. Monate. Jahre. An den Wänden kann man einzelne Risse ertasten. Narben? Die Zeit hat diesen Räumlichkeiten öfter mal einen grausigen Streich gespielt, die Wunden dann geheilt und Erinnerungen hinterlassen. Viele Stellen sind mit Vergangenem beschmutzt oder mit Hoffnung bekleidet. Leere hüllt das Verlies manchmal in düstere Stimmung. Eine Stimmung, die Tränen ein Lachen aufsetzt, denn diese bekommen dadurch ihre Freiheit zurück. Sie füllen den Raum langsam, aber sicher mit Bitterkeit und wer nicht ertrinken will, der schluckt. Totale Stille kommt öfter mal vorbei. Sie setzt sich dann in die Ecken und gaukelt einem Besserung vor. Ist sie es satt, verzieht sie sich wieder ins Nichts und ebnet den Weg für die gepeinigten Schreie. Hören tut das niemand. Es geht auch niemanden etwas an. Dies ist eines der besten Verstecke auf dieser Welt. Geschützt vor den Abgründen des Alltags. Geschützt vor dem Leben. Ja, das bildliche Herz ist ein wahres Monument der Menschlichkeit, doch als ich frei sein wollte, musste es zum Einsturz gebracht werden.

ALLGEMEIN

Gefühle, die unbewussten Drahtzieher eurer Taten. Direkt vorweg: In diesem Kapitel wird es jetzt nicht um körperliche Reize wie Hunger, Durst oder Schmerz gehen. Es geht vielmehr um all jene Gefühle, die nicht lebensnotwendig sind. All die Gefühle, die nichts weiter als die Summe mehrerer Gedanken sind. Ein Gefühl entsteht, wenn auf einmal die Gedanken in alle Richtungen gehen. Weil der Mensch aber nur imstande ist, immer nur jeweils einen Gedanken zu halten, verlaufen die anderen Gedanken sich im Nichts und verursachen nicht selten auch körperliche Reaktionen wie Zittern, Schweißausbrüche, Gänsehaut und ein Kribbeln im Bauch. Ihr macht einen großen Unterschied zwischen einem gewöhnlichen Gedanken und einem ganzen Gefühl. Dabei gibt es eigentlich nicht den geringsten Zweifel, dass beides aus dem gleichen Stoff gemacht ist. Ein Gedanke entspringt dem Kopf, ein Gefühl aber anscheinend dem Bauch. Wenn das Gehirn aber, aus dem Kopf, keinen Befehl dazugibt, würde das Gefühl wohl mit verdaut werden. Ich werde einfach mal ein paar Gefühle auflisten und beschreiben, wie ich die Lage sehe. Natürlich wird bei dem einen oder anderem Gefühl, die Sache etwas komplizierter. Ihr habt, wie bereits festgestellt, die Eigenheit, allem eine Gewichtung zuzuordnen. Wenn nun aber Gefühle ins Spiel kommen, dann kann sich alles auch mal in Verwirrung und Unklarheit verlaufen.

Unter „Allgemein" passt auch sehr wohl der Satz: „Ich hab da so ein Gefühl!" Keiner von euch konnte mir genau erklären, was damit gemeint ist und welches der vielen Gefühle am ehesten damit angesprochen wird. Manche nennen es Intuition, andere sagen dazu einfach Bauchgefühl (oder „aus dem Bauch heraus"). Mir ist aufgefallen, dass dieses Gefühl euch bei Entscheidungen zur Seite steht und euch immer wieder hilft, eine Wahl zu treffen. Ich bin mir fast sicher, dass die Entscheidung unbewusst gefällt und dann durch dieses „Bauchgefühl" bewusst gemacht wird. Die Entscheidung selbst beruht meist auf Erfahrung und momentanen Vorlieben. Unter die gleiche Kategorie voller Schwachsinn fallen, neben diesen beiden Hirngespinsten, auch die sogenannten „Ahnungen". Ihr habt einfach die Tendenz, eure Unwissenheit nicht öffentlich zur Schau stellen zu wollen, und formuliert euch sauber aus der Situation raus, indem ihr solche Ausdrücke benutzt. Irrt ihr euch, so war euer „Bauchgefühl" schuld, behaltet ihr aber recht, so kann man sich am Ende auf eure „Intuition" verlassen. Es ist fantastisch, mit Worten zu jonglieren, wenn man im Grunde doch ganz einfach nur keine „Ahnung" hat.

WUT

Das Blut beginnt zu kochen, der Puls steigt auf 180 und alles, was nicht festgenagelt ist, droht durch die Gegend zu fliegen. Wut, Zorn, Rage oder wie auch immer man diese Kurzzeit-aussetzer des „gesunden Menschenverstandes" nennen will. Sie haben nur das Ziel, das Nichtgefallen auf eindrucksvolle und unmissverständliche Art und Weise zum Ausdruck zubringen. Man behauptet immer, ein Mensch, der wütend ist, wäre gleichzeitig auch unberechenbar. Dies ist nur bedingt wahr. Derjenige, der wütend ist, der weiß meist ganz genau, wie weit er bereit ist zu gehen und was er bereit ist zu tun. Die Folgen sind in dem Augenblick für ihn unwesentlich. Woher kommt Wut denn eigentlich? Wut kristallisiert sich aus Zweifel, Frust und der Gefahr, die Kontrolle über die Situation zu verlieren. Die Stimme erhebt sich, Kraftausdrücke nehmen an Häufigkeit zu und Übergriffe auf andere Menschen können in manchen Fällen auch nicht verhindert werden. Je nachdem in welcher Situation die tickende Bombe sich befindet, kann es aber auch durchaus vorkommen, dass der ganze Ärger einfach geschluckt und die Wut unterdrückt wird. Einige behaupten, das wäre nicht gesund und hätte körperliche Schäden zur Folge. Magen-geschwüre, Kopfschmerzen und viele weitere psychosomatische Erkrankungen nähren sich förmlich von unterdrückter Wut. Dabei ist Wut so einfach kontrollierbar. Es hört sich vielleicht lächerlich an, aber der Trick ist, sich nicht ärgern zu lassen. Ge-nau genommen entsteht die Wut im Kopf. Da ihr eigentlich alle

Herr über eure Gedanken seid, könnt ihr die Wut schon im Vorfeld ausgrenzen. Es liegt am Ende immer bei euch, ob ihr es zulasst, dass ihr euch wie Idioten verhaltet, oder einfach versucht über den Dingen zu stehen und die ganze Situation nüchtern zu betrachten. Da ich schon das Wörtchen „nüchtern" erwähne, es ist in einem alkoholisierten Zustand wesentlich schwieriger, einen klaren Kopf zu behalten, aber wem erzähl ich das.

In einigen Fällen, scheint es demjenigen, der in Rage gerät, angebracht, seine Kraft nicht am Verursacher dieses kleinen Brandes auszulassen, sondern vielmehr an Gegenständen oder anderen Personen, die das Pech haben, gerade in der Gegend rumzustehen. Welch machtvoller Stärkebeweis ist es doch, eine Vase zu Boden zu werfen und laut dabei rumzuschreien. Wer da nicht sofort zittrige Knie bekommt, der muss aus Stahl sein ...

TRAUER

Wer in Tränen ausbricht und die Welt beklagt, der leidet unter akuter Trauer, Frust, Melancholie. Oder er ist einfach unglücklich. Es gibt viele Bezeichnungen für den Zustand der reinen Zeitverschwendung. Zuerst sollte man sich klar werden, woher Trauer kommt und warum sie rein egoistisch ist. Trauer kommt durch Bindung. In all den Fällen, in denen Menschen Entscheidungen treffen und Urteile fällen, kommt es immer wieder vor, dass eine Gewichtung so hoch angesetzt wird, dass sie das persönliche Niveau erreicht. Irgendwas, sei es nun ein Gegenstand oder eine Person, Hauptsache sie gehört nicht zur eigenen Identität, hat es nun also geschafft, so wichtig für jemanden zu werden, dass alle Folgen so empfunden werden, als würden sie dem eigenen Kopf entspringen. Der Verlust wird zum persönlichen Verlust. Wenn ihr traurig seid, aus welchem Grund auch immer, so wollt ihr das der Welt mitteilen. Euer Gesichtsausdruck, eure Haltung und eure Stimmlage verändern sich in die Richtung, dass auch jeder mitbekommen muss, dass etwas euch bedrückt. Hier beginnt der Egoismus zu wachsen. Erleidet ihr nun einen Verlust, z. B. eine Trennung, ein Todesfall usw., überkommt euch wieder diese Trauer und ihr brecht vielleicht sogar in Tränen aus. Ihr redet von Mitleid? Wenn einer stirbt, kann derjenige nicht mehr „mit" leiden! Also ist jegliches Trauergefühl nicht aus Mitleid entstanden, sondern aus Egoismus. Ihr betrauert nicht den Tod selbst, sondern viel eher euren persönlichen Verlust.

Es kommt nicht darauf an, wie oft ihr in einer etwas melancholischen Phase steckt, nein, manchmal scheint es mir so, als wäre Melancholie das Vergnügen, traurig zu sein. Dagegen ist nichts einzuwenden, solange die Trauer nicht überhand nimmt und euch dadurch das Leben nicht mehr lebenswert erscheint.

Trauerarbeit ist sogar wichtig für euch. Man sagt, die Zeit heilt alle Wunden. Ich kann dem nur zustimmen. In euren kleinen Wirklichkeiten braucht es Zeit, bis ihr euch an etwas gewöhnt habt und euch etwas sozusagen ans Herz gewachsen ist. Wird euch nun etwas entrissen, leidet das Herz wohl verständlich darunter und diese Wunde muss erst wieder verheilen. Wenn Trauerarbeit nicht wäre, gingen die Reparaturen nur sehr schleppend voran. Ich könnte ja jetzt behaupten, viel einfacher wäre es, nichts mehr so nahe an sich ranzulassen, denn wenn man sich nichts mehr zu Herzen nimmt, kann das Herz auch keinen Schaden mehr davontragen. Nun, da wird jetzt jeder sagen, wie kann man denn nur so gefühlskalt sein. Das hat mit Kälte überhaupt nichts zu tun! Wie anfangs erwähnt, sind Gefühle auch nur Gedanken. Kontrolliert man die Gedanken, kontrolliert man die Gefühle. Trauer scheint einem dann ein Fremdwort zu sein. Das bedeutet nicht, dass ein Verlust nicht doch irgendwie seine Spuren hinterlassen kann, denn auch Erinnerungen sind Gedanken, die man immer bei sich trägt. Man muss für sich selbst entscheiden, ob man lieber lacht oder weint. Ob man lieber seine Zeit mit Trübsalblasen verschwendet oder sie nutzt, um neuen Platz im Herzen zu schaffen.

EIFERSUCHT

Wie schmerzlich der Klang dieses Wortes für meine Ohren ist. Schon wieder eine Summe, die sich aus den einzelnen gedanklichen Teilen und einer gehörigen Portion Egoismus zusammenaddieren lässt. Doch ist Eifersucht nicht ganz so schlimm wie manch anderes Gefühl. Einige wissen es zu schätzen, andere können es nicht ausstehen. Wer eifersüchtig ist, befürchtet sein Hab und Gut an jemand anderes zu verlieren. Meist wird dabei außer Acht gelassen, dass Personen, in diesem Falle der Partner, kein Besitz sind, sondern sich freiwillig dazu bereit erklärt haben, den Abschnitt ihres Lebens zu teilen. Vor allem bei Alphatierchen ist Eifersucht eine sehr häufig anzutreffende Begleiterscheinung. Wer will sich schon mit dem Alphatierchen um seinen Besitz streiten? – Na, na, na! Das geht ja gar nicht!

Eifersucht kann sogar so weit gehen, dass sie teilweise schon als krankhaft angesehen wird. Sobald der Partner auch nur in eine andere Richtung blickt, wittern die krankhaft Eifersüchtigen eine Gefahr und strecken ihre Fühler aus.

Das andere Extrem: Wer überhaupt nicht eifersüchtig ist, der ist automatisch auch desinteressiert und dem ist die Lage der Beziehung scheinbar total gleichgültig. Ist das immer so oder handelt es sich hierbei nur um ein Vorurteil? Wie man sich auch verhält, man kann es euch fast nie recht machen. Gut, dass auch Eifersucht schön kontrollierbar ist. Da sie egoistisch ist und sogar Vorurteile hervorrufen kann, sollte man sich im Klaren sein, was man persönlich genau will. Will man sein Leben teilen oder nur weiteren Besitz in sein Leben hineinholen. Ist diese Sachlage geklärt, sollte man die bessere Hälfte mithilfe eines Gespräches darüber aufklären, in welchem Maße man zur Eifersucht fähig ist, und herausfinden, wie in dem Fall die Fronten liegen. Schon unglaublich, wozu ein wenig Kommunikation manchmal imstande ist.

NEID

Der nächste Verwandte der Eifersucht ist der Neid. Es ist jedoch unklar, ob es sich hierbei um den großen oder den kleinen Bruder handelt. Neid ist auch in dem Wort „beneiden" zu finden und zeigt, dass es sich hierbei um ein Gefühl handelt, das eine Störung im Bewertungssystem hervorruft. Dinge werden bewertet, so viel steht bis jetzt ja schon fest. Wenn also ein Gedanke dafür gebraucht wird, um den eigenen Besitz, und ein zweiter Gedanke dazu benutzt wird, um fremden Besitz zu bewerten, befinden wir uns wo? Natürlich wieder in einer zweidimensionalen Denkweise, die es uns ermöglicht, beide Gedanken ohne Hindernis zu vergleichen und zu beurteilen. Das Resultat, also die Summe aller Gedanken, die bis dahin gedacht wurden, ist dann entweder Zufriedenheit oder Neid. Gefällt euch der fremde Besitz besser als der eigene, so beneidet ihr den anderen um sein Hab und Gut. Es kann sogar so weit gehen, dass ihr ihn förmlich missachtet, weil er anscheinend, laut euren eigenen Gedanken, mehr Wert ist als ihr selbst. Gefällt euch aber euer Besitz besser, so seid ihr beruhigt und könnt wieder gelassen abends einschlafen. Vielleicht sogar mit ein wenig Schadenfreude im Hinterkopf.

Neid kann aber durchaus auch positive Seiten ans Licht bringen. Wenn Neid zum Beispiel dazu benutzt wird, um euch ein wenig Eigenmotivation zu geben, und euch anspornt, ab jetzt besser zu sein als all jene, die ihr beneidet, dann ist Neid durchaus ein nicht zu unterschätzender Faktor. Wenn der Erfolg jedoch auf sich warten lässt, kann Neid auch zu Eifersucht oder schlimmstenfalls sogar zu Trauer werden.

„Der Neid ist die aufrichtigste Form der Anerkennung!" – *Wilhelm Busch.* Was er wohl damit meinte?

HASS

Ein sehr mächtiges Wort. Hass ist wohl das tiefgründigste und ehrlichste Gefühl von allen. In ihm spiegeln sich alle Gedanken wieder, die das wahre Gesicht des Menschen zum Vorschein bringen können. Hass ist Leidenschaft und Starrsinn in einem. Er verbindet volle Hingabe mit törichtem Handeln und unglaublicher Zeitverschwendung. Hass ist die Fixierung der Gedanken auf ein bestimmtes Ziel. Ob es nun eine einzelne Person, eine Gruppe oder gar eine ganze Rasse ist. Hass macht sprichwörtlich blind. Das bedeutet, wer hasst, der will vieles nicht mehr einsehen. Er hat seine Fähigkeit, zu beurteilen und zu unterscheiden, gegen die Fähigkeit, immer wieder gegen eine Wand zu laufen, getauscht. Gegen diese Wand läuft er, bis der sprichwörtlich Klügere nachgibt. In den meisten Fällen bröckelt die Wand irgendwann. Ist ja auch zu verstehen, wie soll der Arme die Wand denn sehen, wenn er blind ist?

Wann fängt man an zu hassen? Eine Frage, die nur schwer zu beantworten ist. Ich habe Leute gesehen, die nach und nach immer mehr in Trauer versunken sind. Leute, die mit der Zeit gleichgültig geworden sind. Leute, die weitermachen konnten, als wäre nie etwas passiert. Leute, die einfach ein Lachen aufsetzten und Vergebung walten ließen. Aber alle Leute, die anfingen zu hassen, schien eine andere Kraft anzutreiben. Lange Zeit dachte ich, ich müsste mir eingestehen, dass dieses Gefühl mehr als nur die Summe der Gedanken ist. Ich suchte nach Antworten, warum Hass so mächtig ist und warum er die Leute so blind werden lässt. Dabei wurde mir klar, dass nicht der Hass schuld ist, sondern die Fixierung an sich. Wer sich lange genug etwas einredet, der glaubt es am Ende auch selbst. Die Gedanken, die anfangs nur eine gesteigerte Form von Wut hervorbrachten, tauchten immer und immer wieder in gleichen oder ähnlichen Situationen auf. Diese Tatsache funktioniert wie das Konditionieren eines Hundes. Immer wenn der Hund bei dem Befehl „Sitz!" sich hinsetzt, wird er belohnt. Irgendwann weiß der Hund, dass „Sitz!" so viel bedeutet wie: „Setz dich hin!" So entsteht am Ende auch Hass. Diese Wut, die immer wiederkehrt, konditioniert unseren Kopf dahin gehend, diese eine bestimmte Situation mit Wut zu koppeln. Irgendwann, wenn das Fass dann überläuft, nennt man es nicht mehr Wut, sondern Hass. Es ist beinah so wie bei einem Taschenrechner. Nehmt mal einen zur Hand und addiert eine Weile immer wieder die gleiche Zahl. Irgendwann schafft der Rechner es nicht mehr, diese Zahl darzustellen. Wenn also Gefühle die Summe aller Gedanken sind, ist Hass dieser Moment auf dem Taschenrechner, der Moment, wo euer zweidimensionales Denken, eure Nullen und Einsen, nicht mehr ausreichen, um das Endresultat darzustellen. Wenn man so will, ist es die Kapitulation des Verstandes gegenüber den Reizen von außen!

Menschen, die vom Hass zerfressen sind, sind nur noch bedauernswert. Es ist einfacher, einem Blinden das Sehen beizubringen, als einem Hasserfüllten klarzumachen, wie sinnlos seine Fixierung ist.

An alle Leser, die wissen, dass sie imstande sind zu hassen: Bitte denkt dreimal nach, bevor ihr eure kostbare Zeit damit verschwendet, mit einem Sturkopf eine Wand einzureißen. Es gibt immer mindestens eine Alternative.

FREUDE

Jetzt wurden schon einige Gefühle aufgelistet, die ja eher einen negativen Einfluss auf euer Leben haben. Es ist also durchaus mal an der Zeit, auch mal von den positiven Seiten eurer Gefühle zu berichten. Das beste Beispiel dafür ist die Freude! Wenn ich meine Zeit mit Menschen verbringe, dann am liebsten mit solchen, die glücklich und zufrieden sind. Wer Freude versprüht, der kann andere Menschen damit anstecken. Das gilt allerdings auch für alle anderen Gefühle. Freude jedoch ist das ansteckendste von allen. Es ist viel einfacher, gemeinsam zu lachen, als gemeinsam zu weinen. Freude entsteht, wenn sich alle positiven Gedanken zu einem Lächeln addieren. Es ist unglaublich, wie viel einfacher ihr an Aufgaben und Ziele herangeht, wenn sie von Freude begleitet werden. Mit einem Lachen scheint die Welt in Ordnung und alles, was einst trüb und grau war, wird ausgeblendet oder in buntes Treiben verwandelt.

Ich versuche immer ein Lächeln zu tragen, wenn ich mich unter Menschen bewege, denn dann sind alle automatisch netter und freundlicher. Es ist, als wäre ein Lächeln auf den Lippen die schönste Art der Manipulation. In guter Gesellschaft lachen, einen Witz erzählen und die Welt scheint für die Dauer eines Momentes stillzustehen. Freude schafft Erinnerungen, die man sich gerne wieder ins Bewusstsein ruft. Diese Erinnerungen bringen nicht nur Trost, sie helfen auch über schwere Zeiten hinweg.

Doch sogar Freude hat in eurer Welt eine Kehrseite. Manche Menschen versuchen übertrieben glücklich zu sein, um nicht zu zeigen, wie verletzlich sie sind. Manchmal lachen sie, um nicht weinen zu müssen. Diese Art der Heuchelei finde ich nicht besonders lobenswert. Diejenigen, die sich ihrer Gefühle schämen, schämen sich ihrer Gedanken. Das beweist, dass diejenigen gelernt haben nicht immer so zu denken, wie sie es eingetrichtert bekamen. Und das ist eindeutig ein positives Zeichen. Wenn also jemandem zum Weinen ist, so soll er den Tränen freien Lauf lassen. Es ist egal, was andere denken! Am Ende ist nur der ein Held, der nicht wie andere die Norm einhält!

LIEBE

Wie viele große Denker haben schon etliche Werke über dieses eine Gefühl verfasst. Unzählige Gedichte wurden geschrieben. Ganze Romane haben es als Thema und ein Film wäre kein Film, wenn nicht mindestens eine Liebschaft darin vorkommen würde. Wenn ich also über dieses brisante Thema schreibe, begebe ich mich auf die Spuren all jener, die Stunden um Stunden damit verbracht haben, über die Liebe zu schreiben, zu philosophieren und zu rätseln. Ob die Liebe nun überhaupt noch ein Gefühl ist, steht in den Sternen. Manche sehen in ihr das Gefühl aller Gefühle, andere meinen, sie stände jenseits von allem, und wieder andere tun sie ab, als wäre es eine Krankheit.

Ich habe lange Zeit überlegt, ob ich dieses Thema nicht einfach weglassen sollte, denn wer liest schon gerne etwas, was er ohnehin schon tausendmal gehört und gesehen hat. Doch in einem Buch, das von Menschen handelt, müsste ich der Liebe doch schon fast ein eigenes Kapitel widmen. Wie ihr unschwer erkennen könnt, habe ich mich am Ende doch dazu entschlossen, es mit einzubeziehen. Auch wenn ich keineswegs auf alle Kleinigkeiten und Facetten der Liebe eingehen kann, so versuche ich doch allen meine Sicht, also die der Neomaten, in Bezug auf dieses Thema ein wenig näherzubringen.

Vorweg gesagt verhält sich die Liebe wie alles andere, was den Menschen betrifft. Sie kann nicht isoliert betrachtet werden. Jeder Mensch hat, vor allem was die Liebe betrifft, eine eigene Sicht der Dinge. Im Folgenden gehe ich von der Grundthese aus, dass Liebe ein Gefühl ist und alle Gefühle nur die Summe ihrer Gedanken sind.

Viele Menschen sehen als Gegenteil von Liebe immer den Hass, doch es gibt eigentlich keinen großen Unterschied zwischen den beiden. Beides sind Fixierungen. Beide kennzeichnet die Unfähigkeit, die Summe der Gedanken zu erfassen. Liebe geht jedoch viel weiter als Hass. Während Hass, wie bereits erwähnt, aus der Wiederholung von Wut entsteht, kann Liebe aus irgendeinem Grund aus dem Nichts kommen. So z. B. die Liebe auf den ersten Blick. Ich habe bei meinen Nachforschungen versucht, diesen Grund zu finden und zu verstehen. Ich hatte Erfolg. Hinter allem stecken wie immer nur eure Gedanken. Die Liebe summiert sich nicht nur durch Erfahrung und Erinnerung, sondern es kommen noch Assoziationen hinzu. Diese wirken jedoch wie Multiplikatoren und das erklärt, warum Liebe so explosionsartig auftreten kann. Weil das Gehirn viel schneller arbeitet als das Bewusstsein, kann Verliebtheit aufkommen, noch ehe der erste Blickkontakt zu Ende geht. Liebe hat auch biologische Folgen, die ich euch aber an dieser Stelle ersparen möchte. Das einzig Erwähnenswerte ist, dass diese biologischen Folgen im Durchschnitt nach drei bis vier Jahren wieder verschwunden sind. Ein sehr interessanter Zeitraum, wenn man mal bedenkt, wie lange eine Beziehung im Durchschnitt hält.

Jeder ist sich der Konsequenzen der Liebe bewusst, manche verfallen sogar in Melancholie, wenn sie nicht lieben können oder nicht geliebt werden. Andere suchen sie jeden Tag aufs Neue und wieder andere hoffen auf die sogenannte große Liebe ihres Lebens. Ob nun mit oder ohne Happy End, fast jeder sehnt sich danach. Meist sind die Folgen dann für ein paar Tage oder gar Monate Kummer und Trauer. Die Zeit heilt diese Wunden und die Suche kann von vorn beginnen. Einige wollen sich nie so richtig in der Wahl ihres Partners festlegen, es könnte schließlich noch ein besserer auftauchen. (Auf einem weißen Pferd in glänzender Rüstung …) Andere, vor allem die Romantiker unter euch, wollen ihr Leben für „die Eine" (oder „den Einen") hingeben. Wer liebt, der lebt! Nüchtern betrachtet tut das aber jeder, der atmet und die Wasser- und Nahrungszufuhr nicht vergisst.

Betrachtet man Liebe als eine Art Virus, so hat wohl niemand ein ausreichend starkes Immunsystem dagegen. Wie bei allen Erkrankungen gibt es jene, die den Verlauf der Krankheit gut überstehen, andere können jedoch daran zugrunde gehen. Ein Allheilmittel gibt es nicht und wird es auch mit einer neuen Denkweise nicht geben. Ja, sogar ein Neomat kann sich verlieben.

„Wo die Liebe hinfällt …" Was bewirkt Verliebtheit nun also? Im Grunde genommen nicht sehr viel mehr als Hass auch. In erster Linie macht sie blind, dann folgt die Fixierung und am Ende steht wie immer Ernüchterung. In extremen Fällen kann Liebe auch in eine Art Besessenheit münden. Dann hat das aber nur noch sehr wenig mit Friede, Freude und Eierkuchen zu tun, sondern ist nur noch eine reine Fixierung, die sogar hin und wieder in Hass umspringen kann.

Viele sind der Auffassung, dass man es sich nicht aussuchen kann, in wen man sich verliebt. Diese Theorie ist nur teilweise richtig. Wenn man nicht Herr über seine eigenen Gedanken ist, so kann es durchaus vorkommen, dass man bei der Wahl seines Partners sicherlich sehr wenig Souveränität hat. Wer sich aber bewusst ist, was er denkt und was er am Ende will, der kann sich auch aussuchen, wem er seine ganze Liebe schenken will.

Das kann praktisch jeder sein und selbst die größten Erzfeinde könnte man anhimmeln. Es ist also viel mehr eine Frage des Wollens und nicht des Könnens.

Sehr merkwürdig ist ebenfalls die Tatsache, dass viele sich dagegen sträuben, in Liebe zu beenden, was als Freundschaft angefangen hat. Viele sind der Auffassung, dass Liebe, wenn sie endet, sehr destruktive Folgen hat und die Freundschaft schlussendlich unter ihrem Druck zusammenbricht. Lieber auf ewig nur gute Freunde bleiben und sich selbst im Wege stehen, als es zu versuchen und das „Schicksal" herauszufordern. Bei euch Menschen ist doch Freundschaft etwas so Starkes und Unbeirrbares? Wie kann denn ein Gedanke alleine ausreichen, etwas so Großartiges zu zerstören?

Mir ist weiterhin aufgefallen, dass man das Wörtchen Liebe nicht mit dem Wort Beziehung verwechseln darf. Nicht jede Beziehung beruht auf gegenseitiger Liebe und nicht aus jeder Liebschaft resultiert auch am Ende eine Beziehung. Es gibt durchaus viele Beziehungen, die nur aus sachlichen Gründen aufrechterhalten werden. Viele Beziehungen bestehen auch deswegen nur, damit keiner der beiden Parteien alleine sein muss. Ihr seid wirklich die mit Abstand fragwürdigste Spezies dieser Erde. Wieso nur fällt euch das Leben so schwer, wenn ihr doch alles darauf abzielt, in einer doch möglichst einfachen Welt zu leben?

Wenn jetzt alle Hindernisse und Steine aus dem Weg geräumt wurden und ihr es geschafft habt, euch endlich nach dem ganzen Hin und Her zu verlieben, dann gratulier ich euch. Das „Gefühl", das ihr jetzt habt, kann alle anderen in den Schatten stellen und ist sogar euphorischer als Freude selbst. Es hat seine Berechtigung, dass Liebe, von so vielen großen Denkern, als das mächtigste Gefühl der Welt beschrieben wurde. Mein Tipp für alle, die immer noch nach der großen Liebe suchen: Hört auf damit! Auch hier gilt, das Suchen verhindert das Finden! Ihr setzt euch ein Bild in den Kopf und erhofft dieses zu finden. Jeglicher Vergleich des Bildes mit der Realität muss scheitern! So kann am Ende nichts dabei rauskommen. Ich habe die wahre Liebe beobachtet und sie versteckt sich meist immer in eurer Nähe!

Nur wer mit Verstand liebt, der lebt ewig und schön!

ALLES ANDERE

Jeder Gedanke addiert mit andern Gedanken, Erfahrungen oder Erinnerungen resultiert zwangsläufig in einem Gefühl. Da ist es sicherlich nicht verwunderlich, dass es noch viele weitere Gefühle gibt. Nostalgie, Nervosität, Aufregung, Euphorie und so weiter und so fort. Es gibt jedoch eins, dass euer Leben noch bedenklich mehr prägt als alle anderen zusammen. Liebe mit einbezogen. Dieses Gefühl bedarf tatsächlich eines eigenen Kapitels. Es ist das Gefühl der Angst.

KAPITEL 5

ANGST

oder: Wie Unwissenheit sich manifestiert

Wenn ich einsam und verlassen bin, so passiert es schnell, dass ich mich in Gedanken verliere. Immer wieder frage ich mich, wohin mein Weg geführt hätte, wenn ich an all den Kreuzungen, die mein Leben bislang aufwies, jedes Mal eine andere Richtung eingeschlagen hätte. Dann schließe ich die Augen und gehe den Weg in Gedanken und Erinnerungen zurück. An jeder Kreuzung halte ich einen Moment lang inne und starre in die Richtungen, die damals nicht infrage kamen. Ich sehe nur Dunkelheit. Nichts lässt mich wissen, wie es hätte sein können. Jeder Versuch, einen Schritt in eine andere Richtung zu machen, scheitert. Der Boden tut sich auf und unter mir fängt die Welt an sich aufzulösen. Alles um mich herum will mir klarmachen, dass der Weg, den ich damals ging, auch heute noch der einzig richtige Weg ist. Jede Frage nach dem Warum und Wieso und jedes noch so kleine „Was wäre, wenn" versinkt vor mir in der Leere und übrig bleibt nichts als eine einzige Gewissheit: die Ungewissheit.

ALLGEMEIN

Kann man Ängste verallgemeinern? Natürlich! Man kann nicht jede Angst in einen Topf werfen und dann behaupten: alles Schwachsinn! Das geht nicht. Die Ursache jedoch, wie eine Angst aufkommt, die ist immer die gleiche! Ängste sind Gefühle und diese hab ich schon im vorherigen Kapitel erklärt. Die Summe der Gedanken. Also ist Angst auch nicht viel mehr als ein addierter Haufen von Gedanken. Nicht ganz! Die Angst hat den kleinen Nachteil, dass zu allen Gedanken am Ende immer ein zusätzlicher Faktor hinzugefügt wird. Die Unbekannte. Ihr Menschen habt verlernt offen für einfach alles zu sein. Dies liegt ganz klar nur an eurer eingeschränkten Sichtweise der Wirklichkeit. In eurem Leben muss immer alles einen Platz, einen Namen und eine Bedeutung haben. Ob es sich nun um reale Dinge oder fiktive Abbildungen handelt, alles, was es gibt, ist akzeptierbar. Alles Neue jedoch ist erst einmal unbekannt. Sätze wie „Er fürchtet alles Neue!" oder „Er hat Angst vor Veränderung!" sind keine Seltenheit. Sie beschreiben genau genommen den Grund aller Ängste. Was der Mensch nicht kennt, macht ihm Angst. So einfach ist es und so einfach kann man dieses ganze Kapitel zusammenfassen. Zugegeben, wenn es wirklich so einfach wäre, hätte dieses Thema kein ganzes Kapitel bekommen.

Angst kann vieles bewirken. Sie kann Menschen in den Wahnsinn treiben. Sie kann Menschen zusammenschweißen. Sie kann fromme Christen zu blutrünstigen Mördern machen. Sie kann Leute zu Taten zwingen, die weit über ihre Vorstellungskraft gehen. Sie kann das ganze Weltbild innerhalb von Sekunden auf den Kopf stellen.

Wie alle anderen Gefühle lässt sich auch die Angst kontrollieren. Man hat immer eine Wahl und wer lieber in Furcht lebt, der kann das ruhigen Gewissens gerne tun. Wer aber sich von seiner Angst befreien möchte, der braucht nur die entscheidenden Gedanken dem Endresultat beizufügen.

Immer wieder, wenn ich an einem eurer Tischgespräche teilhabe und euch zuhöre, wie ihr über Ängste redet, kommt irgendwann sicher die Frage: „Wie kannst du vor so etwas Angst haben?" Es scheint, als hätte jeder vor irgendetwas Angst und jeder kann den anderen nicht in seiner Angst verstehen. Der eine mag Spinnen und fürchtet sich vor Schlangen. Der andere mag Schlangen und fürchtet sich vor Spinnen. Beide können sich nun stundenlang darüber unterhalten, warum die Angst des jeweils anderen im Grunde doch sinnlos ist. In beiden Fällen spielt sich das gleiche Muster im Kopf ab und trotzdem scheinen beide Personen ganz unterschiedlicher Auffassung zu sein. Es sind in fast allen Fällen meist alltägliche Dinge, vor denen sich der Mensch fürchtet. Zum Beispiel wird man in Zentraleuropa kaum jemanden finden, der panische Angst vor einem Tiger hat. Allerhöchstens eine gesunde Portion Respekt.

Es wird sicherlich niemand von seiner Angst am Ende erlöst sein. Das ist nicht mein Ziel und auch nicht meine Absicht. Wer seine Angst loswerden will, der muss alleine damit fertig werden!

Von normalen Ängsten bis hin zu Phobien. Der Mensch ist wirklich imstande, sich alles Mögliche einzureden. Wenn Angst ein Feuer wäre, dann wären die Medien die Kohle, die man nachwerfen kann, solange man möchte, dass das Feuer schön brennt, und jeder Gedanke wäre ein Schürhaken, der das Feuer wieder aufflammen lassen kann.

Die Medien selbst sind nicht schuld an den Ängsten der Menschen, es ist vielmehr die Quantität des Wissens und der Informationen. Schon merkwürdig, wenn ich doch behauptet habe, dass gerade Unwissenheit der Antrieb der Angst ist. Wie kann denn eine zu große Menge an Wissen zu einer Angst führen? Auch wenn man alles wüsste, birgt das Leben zu viel Unbekanntes. Es wird immer etwas geben, das man nicht voraussehen, das man nicht erklären oder nicht verstehen kann. Das Ausmaß der Angst liegt nun ganz alleine in der Gewichtung dieser unbekannten Faktoren. In sehr vielen Fällen ist man sich sogar der Konsequenzen im Vorfeld schon bewusst, und wenn diese schon nicht rosig sind, dann schürt das wieder einmal das Feuer der Angst. Auch schlechte Erinnerungen können dazu beitragen, dass dieses Feuer immer größer und heller lodert.

Ein kleines Beispiel anhand einer Spinne: Stellt euch mal eine Spinne vor, nun geht davon aus, dass ihr noch nie zuvor in eurem Leben etwas Vergleichbares gesehen habt. Ihr werdet jetzt schon ein kleines bisschen Angst haben, aber die Neugierde überwiegt. Jetzt erklärt euch jemand, dass man dieses Ding „Spinne" nennt. Die Neugierde wird größer, die Angst kleiner. Dann schildert euch jemand, dass er schon einmal von einer Spinne gebissen wurde und dass er dadurch fast ein Bein verloren hätte. Die Neugierde wird kleiner, die Angst größer!

Ihr habt zu diesem Zeitpunkt zu viele Informationen bekommen und wieder einmal in diesem zweidimensionalen Denken eine Entscheidung innerhalb von Sekunden gefällt. Ihr mögt keine Spinnen! Ihr fürchtet euch sogar davor, ein Bein zu verlieren, wenn dieses Ding euch beißt. Doch ist diese Spinne, die vor euch steht, überhaupt giftig? Warum sollte sie euch beißen, wenn sie nicht von euch bedroht wird? All diese Fragen scheinen unwichtig zu sein. Die Tatsache alleine, dass die Möglichkeit besteht, reicht aus, um Angst aufflammen zu lassen.

Angst hat durchaus auch seine positiven Aspekte. Wer sich fürchtet oder wer die Gefahr im richtigen Moment erkennt, der kann sich viel Leid ersparen. Man bedenke nur, dass es doch viel sinnvoller ist, sich vor einem Abgrund zu fürchten, als ihn hinunterzufallen. Die Konsequenzen sind sicherlich viel schmerzloser. Angst ist so betrachtet auch ein Schutzmechanismus für den Körper. Dies weiß ich auf jeden Fall zu schätzen, solange dieser Mechanismus keine Fehler aufweist. Ist er nämlich defekt, kann er schwerwiegende Folgen für das soziale Leben haben – und gerade das ist euch Menschen doch am wichtigsten. Was kann ein solcher Defekt sein? Ganz einfach, es kann vorkommen, dass man zu schnell und zu oft Angst bekommt. Man kann sich zu sehr fürchten und man kann sicherlich auch zu wenig Angst haben.

Zu schnell der Angst zu verfallen, ist nicht sinnvoll: Die meisten Leute wollen schon aus der augenblicklichen Situation flüchten, noch ehe sie überhaupt angefangen hat. Meist werden solche Leute auch „Angsthasen" genannt.

Zu oft der Angst zu verfallen, ist auch nicht von Vorteil: Es ist in vielen Situationen meistens auch gar nicht notwendig. Sehr viele Menschen überreagieren einfach und schieben schon Panik, wenn sie nur ein falsches Wort hören. Sobald diese Leute sich dann beruhigt haben, kann jedes noch so kleine Geräusch sie wieder in Angst versetzen. Mit diesen Menschen muss man unglaublich viel Geduld haben.

Zu sehr der Angst zu verfallen, ist ebenfalls nicht nützlich: Die meisten Situationen werden falsch eingeschätzt. In sehr vielen Fällen, wissen die Menschen nicht genau, worauf sie sich einlassen, und haben auch irgendwie ein Problem damit, genau nachzufragen. Diese Scham bewirkt jedoch, dass sie sich lieber fürchten, als sich einzugestehen, dass sie nicht perfekt sind. Ich habe bisher noch nie einen perfekten Menschen gesehen. Ich bin mir aber sicher, dass „perfekt" und „Mensch" eigentlich nicht zusammen in einen Satz gebracht werden können. Es ist doch im Grunde ein Widerspruch an sich!

Zu wenig der Angst zu verfallen, ist genauso fehl am Platz: Es gibt ohne Zweifel auch Situationen, wo es angebracht sein kann, Angst zu haben. Manche Ängste haben die Besonderheit, im menschlichen Körper Reaktionen auszulösen, die in Gefahrensituationen von großem Nutzen sein können. Beispielsweise ein kleiner Adrenalinschub, um hellwach zu werden und so schneller handeln zu können.

SCHAM

Scham beruht ganz und gar auf Angst. Sie wird nicht als solche empfunden, doch sie ruft die gleichen Reaktionen hervor. Viele treten lieber einen Rückzug an, als sich ihrer Scham zu stellen. Es ist im Grunde die Angst vor der Beurteilung und Meinung anderer. Nicht in Hinblick auf Taten oder Resultate, sondern die eigene Person betreffend. Ihr habt alle ein Bild von euch selbst im Kopf und dieses Bild gilt es auch anderen zu zeigen. Ihr seht euch selbst so und wollt, dass auch andere euch so sehen. Scham ist also die Alarmanlage dieses Bildes. Sobald das

Bild, das ihr nach außen hin zeigt, Gefahr läuft, vernichtet zu werden, tritt Scham in Aktion.

Fast jeder Mensch schämt sich für irgendwas, ob es Taten, Gesagtes oder gar nur Gedanken sind. Diese eine Fähigkeit wird euch von Kindheit an gelehrt. Sie beruht auf dem Prinzip des „richtigen" Benehmens. Manieren und Anstand – werden diese beiden zu sehr gefördert, ist Scham nie weit entfernt. Ihr solltet eure Scham ablegen. Sie hindert euch nur. Sie birgt auch keineswegs Positives in sich. Im Gegensatz zur Angst ist Scham wirklich komplett nutzlos. Es ist ganz egal, wie andere Menschen euch sehen oder was sie von euch halten.

ALLES ANDERE

Wichtig ist vor allem, unterscheiden zu lernen, welche Angst nun sinnvoll ist und welche das Leben beeinträchtigt. Jene Ängste, die sinnvoll sind, könnt ihr behalten und ihr könnt sogar stolz darauf sein, sie zu besitzen. Jene, die sinnlos sind, könnt ihr vergessen und ihr solltet euch echt überlegen, die Gedankenarbeit, die ihr bei einer solchen Angstattacke aufbringt, zu recyceln. Jeder Gedanke, der in eine falsche Richtung geht, ist ein verlorener Gedanke. Da es jedoch bei Gedanken kein „Richtig" und kein „Falsch" gibt, kann jeder Weg eingeschlagen werden. Man muss sich nur fragen, ob das Ziel es auch wert ist anzukommen! Vor allem aber sollte man weder den Weg noch das Ziel fürchten. Die Wege, die ihr gehen könnt, sind keine Einbahnstraßen, sie sind in beide Richtungen stets begehbar, und die Ziele, die ihr erreichen könnt, sind keine Sackgassen, es sind Kreuzungen! Jede Angst ist eine Baustelle und an jeder Baustelle geht es halt einfach nur langsamer voran. Sollte es dann doch zum Stillstand kommen, einfach umdrehen und die Umleitung benutzen.

KAPITEL 6

EINE GLAUBENSFRAGE

oder: Irren ist menschlich

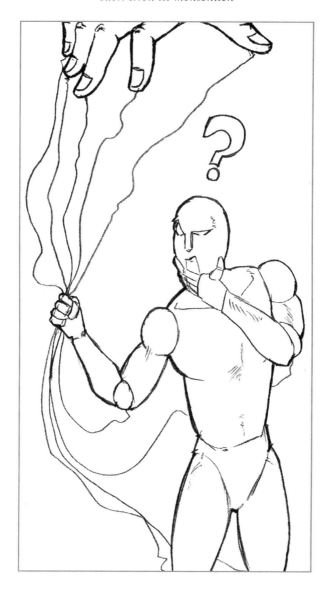

Ich irrte lange Zeit umher, auf den Straßen, die endlos schienen und irgendwie immer nur ins Nichts führten. Ich kam nie an und verlor mich schließlich selbst. Auf der Suche nach dem Sinn und den Antworten müde geworden, legte ich mich an den Straßenrand und schlief ganz seelenruhig ein. Die Träume verschwommen, so wie jede Nacht. Zwischen Realität und Wahnsinn gefangen und nur den Tod als Gewissheit. Ach, welch schönes Leben mich erwarten muss, wenn ich einmal nicht mehr aufwache. Wer kann mir versichern, dass ich dieses Leben nur begehe, um später in einem Paradies zu hausen. Umgeben von Schönheit und Ewigkeit. – Ein Mann riss mich aus meinen Träumen, half mir wieder auf die Beine und bot mir an, mich auf meinem Weg zu begleiten. Er sprach von Glauben und Hoffnung. Er sprach von Wesen aus meinem Traum und von höheren Mächten. Er schien sehr nett und seine Stimme hatte eine beruhigende Wirkung auf mich. Ich verbrachte eine Menge Stunden mit ihm und viele, viele Wege habe ich gemeinsam mit ihm und seinen Weisheiten geteilt. Doch die Zeit hatte ihre Spuren bei ihm hinterlassen und so kam es, dass ich am Ende wieder alleine dastand. Ich lebte weiter und hielt mich an seine Ratschläge, ich fing an zu glauben und Hoffnung half mir über die Nächte. Am Ende aber war alles mehr Schein als Sein!

ALLGEMEIN

Vieles wurde bereits gesagt, doch vieles liegt noch offen vor euch. Ob es in Büchern steht oder von ausgewählten Propheten verkündet wird, es gibt so einiges in eurer Welt, das niemand wirklich erklären kann. Die ganze Fülle an Informationen, mit der ihr euch täglich eure Köpfe zudröhnt, schafft es gleichzeitig, Tausende und Abertausende von Fragen zu hinterlassen und zu schaffen. Nicht selten sind sogar Leute, die der Meinung sind, alles zu wissen, einfach nur sprachlos. Es tauchen immer wieder Fragen auf nach dem Grund, dem Sinn und dem „Was wäre wenn". Wie und weshalb alles so ist, wie es ist. In einem unbeschreiblich irrwitzigen Durst nach Wissen ist der Mensch zu vielem bereit, wovon Tiere nicht mal träumen. Er schafft es, sich Dinge und Ereignisse, Momente und Ursachen einfach zu erfinden. Für jede Frage wird eine Antwort geschaffen, so irrational sie auch sein mag. Dies schafft ihr alles, indem ihr einfach nur „glaubt". „Der Glaube kann Berge versetzen."

Euer Glaube und eure Fähigkeit, zu „glauben", sowie eure Hoffnung und die damit zusammenhängende Fähigkeit, zu „hoffen", haben mich stets fasziniert. Sie sind mit der Hauptgrund, warum es Neomaten gibt. Hört euch einmal einen ganzen Tag lang genau zu, was ihr sagt. Ihr werdet feststellen, dass die Worte „Ich glaube" und „Ich hoffe" sehr oft vorkommen. Ich werde versuchen mich in diesem Kapitel näher mit meinen beiden Lieblingswörtern zu beschäftigen. Mal sehen, was am Ende dabei herauskommt. Anfangen werde ich mit der mir am wahrscheinlichsten erscheinenden Herkunft dieser Wörter – der Religion.

RELIGION

Ein sehr heikles Thema, wenn man bedenkt, was alles alleine durch Religion entstanden ist. Sehr viele unter euch sind auch nicht so gut auf dieses Thema zu sprechen. Eines ist mir klar geworden: Wenn man unter Menschen lebt und in einer Gesellschaft über etwas reden will, sollte das Thema *nie* Religion sein. Über Religion spricht man nicht! Das ist schon sehr klug eingefädelt. Denn gerade die Skeptiker unter euch lassen sich immer wieder gerne auf eine Diskussion über euren Glauben ein, um ihn zu prüfen. Sei es nun aus reiner Lust am Reden oder aber, um die eigene Überzeugung zu festigen. Religion ist unter Menschen ein Tabuthema! Wie gut, dass ich nicht dazugehöre und es aus einer anderen Sichtweise betrachten kann. Es gibt in eurer Welt viele Arten von Religion, nicht jeder betet zu dem gleichen Gott. Einige bestehen darauf, dass es nur einen einzigen wahren Gott gibt, andere glauben an mehrere und einige glauben an einfach nichts. Alles in allem ist die einzige Konstante bei diesem witzigen Spiel immer nur der Glaube!

Religionen sind unterteilt in Weltreligionen, kleinere Religionen, Sekten und – nennen wir es einfach mal so – subkulturelle Glaubensgemeinschaften. Die Weltreligionen geben, wie der Name es vermuten lässt, den Ton an. Diese herrschen, im wahrsten Sinne des Wortes, über diese Welt. Nicht nur, dass sie den Menschen vorschreiben, wie sie zu leben haben, sie schreiben ihnen sogar vor, wen sie zu lieben und zu hassen haben. Wem das nicht gefällt, der kann sich ja für eine andere Religion entscheiden, die bessere Aussichten verspricht. Diese Aussichten sind aber jedes Mal sehr subtil formuliert und wer nicht das Kleingedruckte liest, wird schnell feststellen müssen, dass es nicht so einfach ist, den Glauben wahrhaftig zu festigen. Die meisten Religionen versprechen zum Beispiel ein schönes Leben nach dem Tod. Wenn das mal keine Verkaufslücke war, dann helfe mir Gott ... Täglich beten, sich an die Regeln halten und ab und zu eine kleine Spende an die Gemeinschaft entrichten. So einfach ist es und schon sitzt man neben seinem erdachten Schöpfer und darf täglich mit ihm Kaffee trinken und den Tag im Jenseits genießen. Religionen sind so alt wie der Mensch selbst. Verständlich, da am Anfang die Wissenschaft noch etwas hinterherhumpelte, erklärte man sich viele Dinge halt einfach damit, dass man sie als „übernatürlich" bezeichnete. Keiner kann es euch Menschen verübeln, doch seid ihr mittlerweile um einiges Wissen weiter als damals. Genau genommen seid ihr sogar zu dieser Erkenntnis gekommen. Doch was wäre das für ein Glaube, der sich für eine solche Situation nicht eine Hintertür offenlässt. Es ist komplett egal, welche Erfahrungen, Erkenntnisse und welche Antworten ihr findet. Einfach alles wurde von dem jeweiligen Gott so erdacht. Es war der Wille dieser übermächtigen und unsichtbaren Kreatur, dass man sich genau solche Fragen stellt. Einfach nur genial dieses Marketingkonzept. Es lässt einfach keinen Grund zum Zweifeln. Warum eigentlich auch, es sind schließlich keine bösen Absichten im Spiel. Wenn man von der Weltherrschaft mal absieht, verspricht die Religion eigentlich nur Gutes. Sie gibt Hoffnung in Krisenzeiten und man findet Trost im Kummer.

Religionen sind sehr eigenwillige Dinger, nicht nur, wenn man bedenkt, dass einige an den Haaren herbeigezogen wurden, sondern auch, weil sie Menschen verändern können. Ein Mensch, den man als normal einstufen würde, kann nach der Missionierung ein komplett anderer geworden sein. Diese Gehirnwäschen, zu denen manche Religionen imstande sind, helfen natürlich auch sehr, den weiteren Bestand zu sichern. Die Religion macht den Hauptteil einer Kultur aus. Jede Kultur hat eine eigene Religion. Jedoch gibt es in den Kulturen auch sogenannte Subkulturen, auch diese haben wiederum eigene Ansichten zu eigenen Religionen. Das geht von Ein-Mann-Religionen bis hin zur Massenverblödung. Es ist scheinbar ganz egal, was man anbetet. Sei es nun ein übermächtiges, allwissendes Wesen oder ein fliegendes Spaghetti-Monster.

Viel schlimmer noch als diese Glaubensanhänger finde ich jedoch jene Menschen, die sich strikt gegen jede Religion zur Wehr setzen und darauf fixiert sind, dass der einzig wahre Glaube der sei, nichts zu glauben. Man nennt diese Leute Atheisten. Diese, die sich immer wieder gegen den Glauben an einen Gott aussprechen, „glauben" tatsächlich nur, dass es wirklich keinen Gott gibt. Beweisen kann es ihnen ja niemand, dafür haben die Religionen in diesem sehr clever aufgestellten Marketingkonzept schon gesorgt.

Die einzige Möglichkeit zur Besserung sehe ich nur darin, dass ihr Menschen euch einfach ganz von Religionen distanziert. Egal, welche Glaubensrichtung euch auch auf einmal ansprechen mag, sie vernebelt euren Verstand und trichtert euch nur Schwachsinn ein. Ich habe nichts auf dieser Welt gesehen, dass euch Menschen mehr zu manipulieren vermag, als es Religionen tun.

GLAUBE

Ein starker Glaube beweist nur dessen Stärke, nicht dessen Wahrheitsgehalt. Wobei die Wahrheit auch wiederum nichts ist, was man beweisen kann. Wie bereits erwähnt, gibt es Tausende von Wirklichkeiten, also auch Tausende von Wahrheiten. Warum also sollte man nur „glauben", wenn man gerade so gut auch wissen könnte! Niemand kann einem beweisen, dass die eigene Wirklichkeit nicht real ist. Diese Tatsache allein macht den Glauben so nutzlos wie eine Badehose am Nordpol. Ihr Menschen könnt alles Mögliche erfinden und es für wahr erklären, doch solltet ihr nicht davon ausgehen, dass jeder euch Gehör schenkt. In vielen, wenn nicht gar allen, Kulturkreisen ist die Fähigkeit zu glauben eine Art Geschenk. Jeder Mensch besitzt dieses Können, nur zum Geschenk wird es erst, wenn man an das Gleiche glaubt wie andere. Dies festigt nicht nur den Zusammenhalt der Gesellschaft, sondern es beweist die Bereitschaft, eine Marionette zu sein. So eine Hingabe muss schließlich belohnt werden.

Die Religionen haben es geschafft, sie ziehen an euren Fäden und verkaufen euch für dumm. Sie lenken euer Leben und geben euch eure Werte. Ihr dankt es ihnen, indem ihr einfach nur daran glaubt.

Das Wörtchen „Glaube" beinhaltet eine Wahrscheinlichkeit des „Nicht-wahr-Seins". Wieso also nur mit dieser Wahrscheinlichkeit leben, wenn doch alles so sicher ist? Kennt ihr das, wenn jemand euch motivieren will und sagt: „Du musst nur fest genug an dich glauben!" Wie bitte schön sollt ihr am Ende erfolgreich sein, wenn die Wahrscheinlichkeit des Versagens besteht und ihr euch dessen auch noch bewusst seid. Wäre es nicht viel klüger und auch hilfreicher, einfach zu sagen: „Du schaffst das, egal was passiert!" Natürlich klingt das auch motivierender, doch meist folgt direkt im Anschluss ein Satz wie: „Ich glaub an dich!", und schon ist wieder dem Versagen eine Tür geöffnet worden. Bitte, ihr Menschen, hört auf mich und schmeißt dieses Wort aus eurem Wortschatz. Es bringt rein gar nichts und hält euch immer wieder davon ab, über eure Welt selbst zu bestimmen. Genau so ähnlich verhält es sich mit dem Wort „Hoffnung".

HOFFNUNG

Oh, wie grausig dieses Wort in meinen Ohren tönt. Ich kann es nicht mehr hören, immer dieses: „Ich hoffe …", „Die Hoffnung stirbt zuletzt" und „Hoffen wir mal …". Seid ihr es nicht langsam leid, immer nur im Schatten der Hoffnung zu stehen? Merkt ihr nicht, wie sie euch rücksichtslos immer wieder an der Nase herumführt? Die Hoffnung ist noch sinnloser und nutzloser als jeder Glaube. Sie entstand, als ihr angefangen habt, alles zu bewerten. Also vor sehr, sehr langer Zeit schien es den Menschen angebracht, alles in „Gut und Böse" einzuteilen. Dies war die Geburtsstunde der Hoffnung. Sie lebt also jetzt schon 'ne ganze Weile und wird immer wieder aufs Neue belebt. Solange es Böses auf dieser Welt gibt, solange haben die Leute einen Grund zu hoffen. Mit anderen Worten: Solange der Mensch über alles in seiner Welt urteilt, solange wird die Hoffnung in ihm weiterleben, und dann wird sie wirklich zuletzt sterben.

Stellt euch aber nun mal vor, die Welt sei jeden Tag genau so, wie ihr es gerne hättet. In dem Fall gäbe es keinen Grund mehr, auf etwas zu hoffen. Die Hoffnung würde mit der Zeit verschwinden. Tja, leider gibt es dann immer noch die paar wenigen Menschen, die sogar dann, wenn alles im Lot ist, „hoffen", es möge auch so bleiben. Einfach nur sinnlos! Hoffnung und Glaube enthalten beide die Wahrscheinlichkeit, dass es auch anders sein kann. In beiden Fällen jedoch ist es stets der Mensch, der am Ende entscheiden kann. Ihr habt soviel Potenzial in euch, nutzen solltet ihr es und nicht nur daran glauben und hoffen, dass es euch irgendwann zur Seite stehen möge.

Als kleines Beispiel: Ihr kniet euch abends vors Bett und betet zu irgendwas und glaubt, dass dieses irgendwas eure Wünsche erhört. Ihr legt euch schlafen und hofft auf einen schönen Tag ... Wie wäre es denn einfach so: Ihr legt euch sofort schlafen, macht euch keine Gedanken um den nächsten Morgen und wacht voller Freude auf und verbringt einfach einen schönen Tag.

Niemand hört euch zu, wenn ihr mit euch selbst in eure gefalteten Hände sprecht, und niemand außer euch selbst ist für eure Tage verantwortlich.

Ihr könnt nichts dafür, dass ihr alle so seid und euch dieses Verlangen innewohnt. Jeder Mensch leidet halt an den Folgen seiner Erziehung und diese ist halt eben geprägt von Glauben und Hoffnung, aber auch von Moral und Ethik.

MORAL

Die Religionen lehren euch, wie man sich zu verhalten hat. Man lebt schließlich unter Menschen, und damit jeder Mensch mit jedem gut auskommen kann, gibt es eine große Anzahl von Regeln, die jeder Einzelne zu befolgen hat. Diese Regeln nennt ihr Moral oder auch Anstandsregeln. Sie dienen zwar ausschließlich einem „guten" Zweck, doch sind sie wohl einer der Hauptgründe für Streitigkeiten und jede andere Form der Auseinandersetzung. Dadurch, dass ihr glaubt zu wissen, wie sich ein anderer euch gegenüber zu benehmen hat, glaubt ihr auch, ein Recht darauf zu haben, ihn im Zweifelsfall anzuprangern. Die Moral ist kaum noch wegzudenken. Auf ihr beruht eigentlich die ganze Erziehung eurer Kinder. Sie ist größtenteils ein Produkt der jeweiligen Religion und daher ist der Mensch, der damit aufwächst, auch dadurch geprägt. Ihr zu widersprechen, käme einem Verbrechen gleich. Einem Verbrechen gegen die Menschlichkeit. Moral ist keineswegs ein Gesetz, sie ist lediglich ein Grundsatz, an den der Mensch sich halten sollte, wenn er in Gesellschaft ist. Moral lehrt also nicht, wie man zu leben hat, sondern nur zu unterscheiden, wie man zu sein hat. So gesehen führt sie die Menschen nicht zusammen, sie sortiert sie aus. Jeder ist für sein Handeln selbst verantwortlich und ohne Moral würde niemand etwas daran zu bemängeln wissen.

ETHIK

Neben der Moral gibt es noch die Ethik. Man nennt es auch die Sittenlehre. Während Moral jeden einzelnen Menschen für sich genommen betrifft, beschäftigt sich die Ethik mit dem Leben im Großen und Ganzen. Sie ist die Hauptschuldige am Stillstand des Fortschrittes der menschlichen Natur. Euer Wissensdrang trägt immer wieder dazu bei, dass ihr euch in Gebiete hineinwagt, die scheinbar gegen die Natur sind. So die Aussage der Ethik. Es scheint, als hätte der Mensch genaue Ansichten darüber, was der Mensch auf dieser Welt wissen darf und was lieber ein Geheimnis bleiben sollte. Wer diese Ansichten festgehalten hat, kann eigentlich nur ein übernatürliches Wesen gewesen sein, an das man erst glauben muss, damit es existiert. Totaler Schwachsinn! Warum steht sich der Mensch auch hier wieder selbst im Weg herum. Wenn er die Möglichkeiten hat, seine eigene Natur zu erforschen und zu verstehen, wieso sollte er das denn nicht tun dürfen? Moral und Ethik halten euch auf diesem Standpunkt fest und lassen es nicht zu, dass irgendwann Experimente mit Menschen von Menschen durchgeführt werden. Ihr behauptet, Religion sei in den meisten Fällen von Politik getrennt, doch in genau diesem Fall sind sich beide einig.

Angenommen, man könnte Menschen klonen. Dann wäre es moralisch und ethisch fragwürdig, ob diese Klone nicht doch Menschen seien, und dann wäre es wiederum gesetzlich verboten, an ihnen zu experimentieren. Sehr geschickt erdacht, doch sehr hinderlich im Namen der Wissenschaft. Andererseits ist es vielleicht auch besser so. So wie ihr Menschen euch auf dieser Welt aufführt, würdet ihr dieses Wissen am Ende doch nur missbrauchen und dazu nutzen, um Korruption und Machthunger zu fördern.

SCHULD

Was für ein schönes Wort. Es ist das einzige Wort, das mit Religion und ihren Folgen zu tun hat und das ich aussprechen kann, ohne gleich Übelkeit zu erleiden. Es wird leider wie so viele Wörter immer wieder falsch benutzt. Meist wird es benutzt, um anderen klarzumachen, dass man nicht selbst die Finger im Spiel hatte, sondern andere die Drahtzieher waren. Man gibt halt immer anderen die Schuld. Man versucht schuldlos zu sein. So will es die Religion, um am Ende erhört zu werden. Das ist doch alles reiner Bockmist. Schuld seid immer ihr selbst. Eine der Grundaussagen unter uns Neomaten ist, dass ein jeder unter uns immer und wirklich immer an allem, was uns betrifft, vollkommen schuldig ist. Das bedeutet also, wenn ich etwas tue oder sage, dann bin ich mir der Taten und der Folgen vollkommen bewusst und trage auch mit Freude die Schuld daran. „Mach mich verantwortlich für das, was ich sage, doch niemals für das, was du verstehst." Dieser Satz sollte als Leitsatz angesehen werden. Ich bin schuldig bezüglich allem, was ich sage, doch du trägst wiederum die ganze Schuld an dem, was du verstehst. Wenn euch also einer beleidigt, so ist es eure Schuld, wenn ihr dadurch beleidigt seid. Die Schuld ist etwas Wunderbares. Sie kann euch niemand nehmen. Eine Schuld abzustreiten, wäre ein Verbrechen gegen die eigene Person. Wie können sich Menschen, die bewusst eine Schuld leugnen, überhaupt noch in den Spiegel sehen? Es passiert aber jeden Tag. Nicht nur weil viele Menschen die Konsequenzen fürchten, sondern auch weil es Gesetze, Moral und Ethik gibt, die es ihnen einfach durch Gewissensbisse heimzahlen. Wer einsieht, dass er für sein Leben selbst die Schuld trägt, und diese nicht immer wieder auf andere überträgt, der ist auf dem besten Wege, ein Neomat zu werden. Nach dem Erlernen der Denkfähigkeit ist der Mensch dazu imstande, alles Erdenkliche zu sein. Nichts und niemand bestimmt euer Leben und trägt die Schuld für all das, was euch auf eurem Weg in den Tod begegnet.

GEWISSEN

Hat nicht jeder unter euch ein Gewissen? Es ist eines jener Hilfsmittel, die euch immer zur Seite stehen, wenn es um Bewertungen von Worten und Taten geht. Es ist mit eines der wichtigsten Utensilien im täglichen Entscheidungskampf zwischen Richtig und Falsch. Es ist aber auch genau so überflüssig wie ein Pelzmantel in der Sahara. Das Gewissen gilt es einfach nur abzulegen. Wer keines mehr hat, der ist besser dran. Mag sein, dass dies jetzt ein wenig unmenschlich klingt. Genau das ist es auch! Es lebt sich einfacher ohne Gewissen. Wer nicht immer wieder darüber nachdenken muss, ob seine Taten und Worte nun richtig sind, der lebt leichter und viel sorgenfreier. Natürlich ist ein gewissenloses Leben nicht ganz einfach unter Menschen, da viele dazu neigen, andere zu kritisieren und anzuprangern. Wer sich jedoch seiner eigenen Schuld bewusst ist, der braucht kein Gewissen mehr. Wer gelernt hat, seine Taten auf die eigene Schulter zu legen und die gesamte Last der Welt zu tragen, der muss sich nicht auch noch mit einem Gewissen herumplagen. Das Gewissen ist wohl das Erste, was ein Mensch eingetrichtert bekommt. Wenn man so will, ist der Zeitpunkt, da der Mensch sein Gewissen bekommt, die Geburtsstunde der Menschlichkeit in ihm. Er ist nun Teil der Gesellschaft und Teil eines Ganzen, das er nicht verstehen muss. Ab diesem Zeitpunkt ist der Mensch bereit unter Menschen zu gehen und ab dann plagen ihn auch immer schön im richtigen Moment die kleinen Gewissensbisse. Diese erinnern ihn immer sofort an seine Herkunft und daran, was er eigentlich ist und was er zu sein hat. Sein ganzes Leben beruht darauf, welche Entscheidungen er trifft, und darauf, wie er gelernt hat sie zu bewerten. Tut er Richtiges, so geht es ihm gut. Tut er Falsches, so geht es ihm schlecht. Lebt er ohne Gewissen, so ist es egal, was er tut. Es wird ihm auf jeden Fall gut gehen, wenn er es will.

ALLES ANDERE

Sei es nun Glaube, Hoffnung, Moral, Ethik oder ein Gewissen. All diese Dinge sind nur da, um den Menschen von klein auf zu manipulieren und ihn in eine Gesellschaft zu integrieren, in der er nicht als Individuum gesehen wird, sondern nur als einer von vielen. Die Religion hat es auf subtile Weise in alle Bereiche eures Lebens geschafft und beherrscht euer Handeln und Denken in fast jeder Form. Auch jene, die sich gegen die Religion ausgesprochen haben, leiden an den Folgen ihrer Macht. Sie versucht euch auf jedem erdenklichen Wege Schuldgefühle einzuflößen und schafft es dadurch, euch an der Leine zu halten. Schuld seid ihr aber am Ende nur selbst, da ihr dies zulasst. Erkennt, dass nur ihr euer Leben bestimmt und es weder Richtig noch Falsch gibt. Es gibt keine Richtlinien in eurem Leben. Entscheidet selbst, ob ihr lieber ein Leben lang in Hoffnung auf ein frohes Ende verweilt oder das frohe Ende einfach sofort angeht. Es liegt an euch! Seid bereit, die Schuld für alles in eurem Dasein anzunehmen, und lehnt die Schuld, die von außen kommt, ab. Tragt eure Last und nicht die der ganzen Welt auf euren Schultern, euer Rückgrat wird es euch danken.

KAPITEL 7

BEGRENZTE FREIHEIT

oder: Wenn Gedanken wie Fesseln agieren

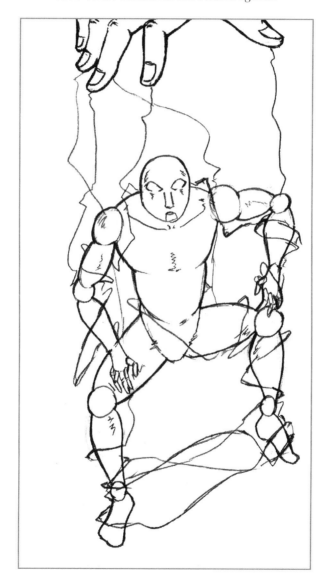

Sitzend, wartend und in die Leere blickend, so vergeht ein Tag nach dem anderen. Aufstehen und nach draußen gehen. Die Welt sehen und wieder von vorne beginnen.

Ich kann! Ich muss!
Soll ich? Darf ich?
Will ich?

Fragen über Fragen, doch fesselt es mich an mein jetziges Leben. Der Radius meines Horizontes ist nicht größer als null und das kann ich getrost dann meinen Standpunkt nennen. Wie jeder andere, so bin auch ich nicht unfehlbar. Wie jeder andere, so bin auch ich nur ein Mensch. Ich habe meine Prinzipien und meine Vorstellung von der Welt. Was würde mir bleiben, wenn ich auch das noch verlieren würde? Was würde mir bleiben, wenn ich meine eigene Identität leugnen müsste? Was würde bleiben, wenn nichts mehr so wäre, wie es heute ist? Kann der Mensch zu mehr bestimmt sein, als es in den Büchern steht? Nutze ich nicht all mein Wissen nur zu meinem Seelenheil? Ich würde nur zu gerne diese Fesseln sprengen, die mich ans Menschsein binden. Meine Welt würde über mir zusammenfallen und mich in den Trümmern meines Ichs begraben. Am Ende aber würde ich, wie der Phönix, aus den Ruinen meines Daseins wieder auferstehen und ein neues Leben beginnen. Von der Menschlichkeit befreit, gilt es die Welt neu zu entdecken!

ALLGEMEIN

Unter allen Menschen kenne ich keinen, der sich freiwillig sein Leben lang in Ketten legen lassen würde. Es ist unvorstellbar für den Menschen, sich seiner Freiheit berauben zu lassen. Diese ist nun mal das Wertvollste, das er besitzt. Ironischerweise sperrt jeder Mensch sich gerne in seine eigenen vier Wände ein. In diesen vier Wänden jedoch ist die Freiheit scheinbar unendlich. Leider nur scheinbar. Es ist euch selbst vielleicht noch nie aufgefallen, doch wirkliche Freiheit kennt ihr nicht. Ihr könnt das Ausmaß dieser nicht einmal ansatzweise erahnen. Wer wirklich frei sein will, der darf nicht nur nach äußerer Freiheit streben, sondern sollte erst einmal in sich gehen und dort anfangen, seine Grenzen aufzulösen. Die Sprache selbst ist schuld an all diesen Grenzen, die sich in euren Köpfen aufrichten und jeden Gedanken erst einmal auf illegalen Export kontrollieren. Dabei sagt man doch: „Gedanken sind zollfrei". Schade, dass dies nur ein Sprichwort und nicht etwa eine Tatsache ist. Tauchen wir mal gemeinsam in eine kleine Metapher ein, um ein wenig zu verdeutlichen, wie es in den Köpfen der Menschen aussieht.

Eure Gedanken leben in einem Haus. Es ist ein sehr großes Haus mit vielen Zimmern und etlichen Etagen. Überall ist alles schön geordnet und sortiert. Man findet sich sehr leicht in diesem Haus zurecht. Auf der einen Etage sind Meinungen, auf der nächsten dann die Erinnerungen und so weiter und so fort. Jeder Gedanke ist dazu da, um die Ordnung in diesem Haus aufrechtzuerhalten. Das Motto lautet: einer für alle und alle für einen. Manchmal geht die Tür auf und ein neuer Gedanke spaziert hinein. Ihm wird ein Zimmer zugeteilt und er geht ab dann täglich seiner Arbeit nach. Dies tun alle Gedanken bis ans Ende ihrer Zeit. Nicht ein einziger Gedanke würde jemals auf die Idee kommen, ein Fenster zu öffnen. Er könnte ja hinausfallen oder es könnte sonst etwas passieren. Lieber immer schön innerhalb der vier Wände bleiben und die bekannte Nestwärme genießen, als sich einmal im Leben nach draußen zu begeben. Dafür sorgt dann auch die Gedankenpolizei. Sollte einer auf eine dumme

Idee kommen, wird er sofort in Gewahrsam genommen und dafür mit Gewissensbissen und ähnlichem Psychoterror bestraft. Wenn die Gedanken irgendwann frei sein sollten, dann muss dieses Haus zum Einsturz gebracht werden und alle Gedanken, die das zu verhindern versuchen, sollten einen grauenvollen Tod sterben. Sie haben es nicht anders verdient!

Woraus bestehen nun die Wände dieses Hauses und an welchen Stellen sollte man eine Stange Dynamit befestigen?

MODALVERBEN

Am besten fange ich mit dem Keller und dem Fundament des Hauses an. Das Fundament besteht aus dem Wörtchen „wollen". Hättet ihr nicht gewollt, dass da ein Haus hinkommt, wer weiß, wo eure Gedanken hingezogen wären. Die vier Wände des Kellers sind die anderen Missetäter „sollen", „können", „dürfen" und „müssen". Auf diesen fünf Wörtern beruht fast euer gesamtes Denken.

Dürfen

So vieles gibt es auf dieser Welt, was ihr alles nicht dürft. Eure Erziehung lehrt euch, wie man sich zu benehmen hat, was sich gehört und was total fehl am Platz ist. All diese unterschwelligen Befehle und Verordnungen prägen sich in euren Kopf ein und veranlassen euch zu glauben, dass ihr all diese Dinge wirklich nicht dürft! Im Grunde genommen ist das natürlich alles nur reiner Schwachsinn. Ihr dürft alles, wozu ihr fähig seid. Es hindern euch wirklich nur Gedanken daran, es auch zu tun. Das bedeutet sogar, dass ihr jetzt hingehen und jeden Menschen, der euch über den Weg läuft, einfach abschlachten dürft. Nur lebt ihr in einer Gesellschaft, in der ein solches Verhalten eindeutig nicht toleriert wird, und wenn ihr es tut, müsst ihr bereit sein, die Konsequenzen zu tragen. Ihr tragt voll und ganz alleine die gesamte Schuld für euer Verhalten! Solange ihr euch dessen bewusst seid, dürft ihr alles tun, was euch gefällt.

Können

Die Annahme, etwas nicht zu können, wird meistens dadurch bestätigt, dass man es nie versucht. Es gibt sicherlich viele Dinge, die natürlich überhaupt nicht möglich sind. Da wäre das Fliegen oder das Atmen unter Wasser ohne jegliche Hilfsmittel, um nur zwei Beispiele zu nennen. Aber alles, was in der menschlichen Natur als möglich anerkannt wird, kann auch wirklich jeder Mensch tatsächlich tun! Sich selbst einzureden, man könne etwas nicht, ist der wohl schlimmste Fehler, den ein Mensch begehen kann. Er setzt sich selbst eine Grenze, die nur rein gedanklich existiert. Ihr könnt alle Wege gehen, die euch gefallen, doch wäre es wahrlich eine Schande, wenn ihr euch selbst Steine in diese Wege legen würdet. Wer immer nur sagt: „Das und jenes kann ich nicht." Der kann sich gerade so gut auch einen Stuhl kaufen und vor sich hin vegetieren. Es wird auch immer wieder Menschen in eurem Umfeld geben, die behaupten werden: „Das schafft ihr eh nicht!" oder „Das kannst du sicherlich nicht!" Solche Menschen gilt es, einfach zu meiden, denn sie sind, um es mal vornehm auszudrücken, einfach nur Scheiße! Sie versuchen euch Grenzen aufzuzeigen, die nicht einmal vorhanden sind. Wer solchen Menschen Gehör schenkt, der ist nicht viel besser als sie und am Ende doch nur selbst schuld, es nie versucht zu haben! Das Wörtchen „nicht" gehört nicht mit diesem Verb in Verbindung gebracht, dann werdet ihr sehen, was wirklich alles möglich ist.

Sollen

„Sollen" ist die Abschwächung von „müssen". Wer sich immer wieder sagt: „Ich sollte doch ..." oder „Ich soll eigentlich ...", der ist sich nie wirklich sicher, was er nun tun soll und was nicht. Unsicherheit ist kein Stein auf dem Weg zum Glück, sie ist schon eher ein Abgrund. Wer sich fürchtet, ihn zu überspringen, der geht lieber zurück und schlägt einen anderen Weg ein. Dabei ist es doch so hirnverbrannt, sich selbst wieder mal in eine solche Lage zu bringen. Wer sagt euch, was ihr tun sollt und was nicht? Seid ihr das nicht jedes Mal selbst? Natürlich, es gibt immer wieder äußere Einflüsse, doch am Ende seid ihr alleine diejenigen, die entscheiden, was getan wird. Wenn das nächste Mal z. B. euch jemand zu einer Reise einlädt und ihr doch aber noch dies und das tun solltet, dann lasst es sein und geht mal spontan mit auf diese Reise … Man sollte bei einem so kurzen Leben doch eigentlich früh mit dem Leben anfangen, oder nicht?

Müssen
Dieses Verb ist die wohl schlimmste und fatalste aller Annahmen, die eure Rasse zustande gebracht hat. Die Annahme, etwas tun zu „müssen", ist so verheerend, dass sie Menschen in den Wahnsinn treiben kann. Ein Sprichwort sagt: „Man muss nur sterben!" Ich weiß nicht genau, wie oft ich dieses Sprichwort schon gehört habe, doch jedes Mal schien es mir ein wenig heuchlerisch zu sein, es von einem Menschen zu hören. Ihr seid wahre Künstler darin, euch Bedingungen, Termine, Fristen, Aufgaben usw. zu setzen und euch dann einzureden, diese auch unbedingt einhalten zu müssen! Es hat schließlich fatale Folgen, wenn man das nicht tut! Ich verstehe, dass es in der Arbeitswelt vielleicht manchmal sogar nötig ist, sich daran zu halten: Der eigene Beruf und damit das soziale Leben stehen hier auf dem Spiel, doch in der Privatsphäre ist dies eindeutig fehl am Platz. Euer privates Leben untersteht keiner einzigen Pflicht. Ihr müsst nicht gut aussehen, müsst nicht viel Geld haben, müsst nicht das beste Auto fahren, müsst nicht alle eure Versprechen halten, müsst nicht der Beste sein, müsst wirklich einfach gar nichts! Oh ja, all diese Dinge sind sicherlich gut fürs Ego, doch bringen sie euch im Endeffekt recht wenig. Es ist jedoch unumgänglich, dass ihr manche Sachen einfach müsst. Wäre dies nicht der Fall, so würdet ihr auf der Stelle treten und es gäbe keinen Fortschritt mehr. Der Drang zu „müssen" geht einher mit dem Drang sich weiterzuentwickeln. Es geht aber auch anders!

Wollen
Das einzige dieser Verben, das ein Recht auf Bestand hat, ist das Verb „wollen"! Es ist durchaus das Einzige, das immer nur die Person selbst betrifft. Entweder man will oder man will es

nicht. Es ist so einfach, dass es schon fast zu einfach ist. Ihr Menschen erreicht so unglaublich vieles nur dadurch, dass ihr es wollt. Doch durch so viele Grenzen, die ihr euch selbst auferlegt habt, passiert es nicht selten, dass ihr den Willen nicht am Zoll vorbei bekommt. „Ich will einfach nicht!" Dieser Satz legt in manchen Fällen oft einen großen Stein auf euren Weg, und euch fehlt die Kraft, diesen wieder hinunterzukehren. Es ist leicht gesagt, etwas zu wollen, was ohne Hindernisse erreichbar ist, doch sieht man das Ziel nicht klar vor Augen, so wird auch der Wille immer ein wenig getrübt. Ehe man nun einfach behauptet, etwas nicht zu wollen, wäre es klug, sich zuerst einmal Gedanken über den Grund zu machen. Eine Aussage wie „Es ist nun mal so!" scheint mir in dem Fall etwas weit hergeholt. Die Gründe liegen immer irgendwo vergraben, und es behagt euch nicht nachzusuchen. Seien es nun Ängste, euer Glaube, die anderen Modalverben oder ein Gefühl, irgendetwas hindert euch daran, einfach nur zu wollen! Wer aber komplett frei ist, dem steht auch ein komplett freier Wille zur Verfügung. Ist es nicht der freie Wille, auf den es im Leben ankommt? Warum hat nicht jeder einen, wenn er doch zu den Dingen zählt, die der Mensch von Geburt an besitzt. Ganz einfach, die Gesellschaft erlaubt dem Menschen keinen freien Willen. Es wäre alles andere als gut für die Masse, wenn jeder tun und lassen würde, was er will. So wird von Geburt an darauf hingearbeitet, den freien Willen bestmöglich zu unterdrücken, und jedem Einzelnen wird klargemacht, dass es unangebracht ist, manche Dinge zu wollen. Diese Tatsache bohrte sich so tief in die Köpfe, dass fast jeder Mensch vergessen hat, was „freier Wille" wirklich ist. Ich finde es wirklich schade, dass die Menschheit so weit gehen musste, um sich selbst zu kontrollieren. Wer weiß, wie weit ihr heute wärt, wenn der freie Wille niemals unterdrückt worden wäre.

ANNAHMEN

Neben den Modalverben und ihren damit verbundenen gedanklichen Grenzen gibt es natürlich noch einige weitere Einschränkungen, die ihr euch selbst auferlegt. Eine der häufigsten und folgenschwersten Blockierungen eurer Gedanken ist die Situation, in der ihr genau zu wissen scheint, was passiert oder was andere Menschen denken und tun werden. Es sind also, um zur Metapher des Hauses zurückzukehren, die Fenster zur Außenwelt. Eine solche Voraussicht besitzt keiner! Es ist nicht möglich, genau zu wissen, was die Zeit mit sich bringt, und ebenso wenig ist es möglich, immer genau zu wissen, was andere Menschen denken. Könnte man Gedanken lesen, wäre vieles einfacher und komplizierter zugleich in dieser Welt. Viele Leute jedoch sind immer mal wieder der festen Überzeugung, genau dies zu können. Dies ist vor allem im Bereich der zwischenmenschlichen Beziehungen stets Stein des Anstoßes. Sie nennen es Intuition oder haben andere irrwitzige Erklärungen dafür. Es ist *nicht* möglich! Egal wie oft man recht behält oder wie oft man danebenliegt, am Ende war es nicht eine übernatürliche Hellsicht, die euch die Antwort und das Endresultat schon Tage vorher zugeflüstert hat. Meist beruhen solche Geschehnisse auf selbst erfüllenden Prophezeiungen. Ein Beispiel, das wohl jeder kennt: Eines guten Tages kommt ihr nach Hause und bemerkt, dass der Akku eures Mobiltelefons leer ist. Ihr steckt es zum Aufladen an und am nächsten Morgen schaltet ihr es wieder ein. Ihr denkt nichts Schlechtes schon klingelt es Sturm. 13 SMS und ebenso viele Anrufe in Abwesenheit. Euer Freund oder eure Freundin fragte in der ersten SMS nach eurem Befinden. Da nicht sofort eine Antwort kam, folgte die nächste SMS mit einer Wiederholung der Frage. Auch auf diese erfolgte keine Antwort und so kam eine nach der anderen und in der letzten SMS ist die Beziehung futsch.

Dies ist nur möglich, da der Partner sich alles Mögliche ausgemalt hat und irgendwann glaubte genau zu wissen, was vor sich geht. Daraufhin gab es keine andere Alternative, als die Beziehung zu beenden. In nicht ganz so schlimmen Fällen endet es dann aber immerhin in einem Streit. Wie bitte könnt ihr Menschen so behämmert sein? Kommt euch denn nicht in den Sinn, dass nicht immer alles so ist, wie ihr es euch erträumt? Man hat mir mal erklärt, dass eine Beziehung auf Vertrauen beruht. In einem solchen Fall jedoch kann noch so viel Vertrauen im Spiel sein, es bringt alles nichts. Wer es besser weiß, fühlt sich im Recht, auch wenn er sich vielleicht sogar irren mag. Ein schönes Beispiel ist die Tragödie von Romeo und Julia. Dachte Romeo nicht, Julia sei tot, als er sich selbst vergiftete?

Doch nicht nur in Beziehungen, sondern in fast allen zwischenmenschlichen Aktionen spielt dieses „Ich weiß es doch genau!" immer wieder eine Rolle. Wenn man richtig lag, geht alles gut aus, doch immer dann, wen man danebentippte, endet es in einer Diskussion oder einem Streit. „Fragen kostet nichts", doch zum Nachfragen ist sich so manch einer zu schade, wie es mir scheint. Warum auch, der Mensch weiß doch eh immer alles besser!

BEWERTUNGEN

Jede Bewertung ist eine gedankliche Grenze. Dadurch, dass ihr manche Dinge über andere Dinge stellt, veranlasst ihr eure Gedanken immer wieder dazu, zu unterscheiden. Wer frei sein will, der darf zwar immer noch bewerten, keineswegs aber diese Bewertung als endgültig betrachten. Eine Bewertung kann so viel Schönes auf dieser Welt zunichte machen. Es ist fast unausweichlich, dass der Mensch irgendwann alles genau nach seinem Bild bewertet. Doch diese Bewertungen helfen nicht, das Bild zu verschönern, sie bauen nur den Rahmen dafür und ein Bild in einem Rahmen kann nicht weiter ausgedehnt werden. Nun wisst ihr auch, was Bewertungen in unserer Metapher sind. Es sind alle Bilder, die in eurem Gedankenhaus an den Wänden hängen. Ist ein Gedanke erst einmal eingerahmt, so bleibt er stur an der Wand hängen. Man sieht, Bewertungen verschönern zwar euer Dasein, doch schränken sie gleichzeitig den Platz für andere Dekorationen ein. Es ist schade um all die

Schönheit auf dieser Welt, die keinen Platz findet, nur weil es nicht dem Bild eurer Schönheit entspricht. So kommt es, dass viele Dinge eurem kritikreichen Auge zum Opfer fallen. Heikel wird die Angelegenheit jedoch, wenn der Mensch anfängt, andere Menschen zu beurteilen. Dinge sind, wie man so schön sagt, natürlich reine Geschmackssache, doch Menschen zu bewerten, ist ein Recht, was meiner Ansicht nach keiner wirklich hat. Jeder Mensch ist für sich genommen einzigartig und jeder Mensch schafft sich sein eigenes Leben. Jeder trägt die ganze Schuld an seinem Dasein und ist sich im besten Falle auch jeder Konsequenz bewusst. Wer sich das Recht nimmt, über andere Menschen zu urteilen, der stellt sich automatisch über sie und scheint sich selbst immer als besser anzusehen. Dies widerspricht allem Anschein nach aber der Tatsache, dass alle Menschen gleich sind. Ich will keinem das Bewerten verbieten, doch rate ich davon ab, diese Bewertung nach außen hin zu zeigen. Das Leben fällt einem leichter, wenn man unter „Gleichgesinnten" weilt.

URSACHE-WIRKUNG

In der Physik ist dieses Phänomen durchaus bekannt. Es kommt schließlich von da. Wenn eine Aktion auftritt, folgt eine Reaktion. Man kann in der Physik sogar so weit gehen, dass man genau vorhersehen kann, welche Aktion welche Reaktion mit sich bringt. Dies führt nicht selten zu einer Kettenreaktion. Schade, dass der Mensch dieses Prinzip auch auf seine gedanklichen Vorgänge übertragen hat. Ihr Menschen geht immer davon aus, dass alle eure Taten und eure Gedanken diesem Prinzip ebenfalls unterliegen. Wer das tut, zieht das und das mit sich. Dies scheint auf den ersten Blick natürlich einleuchtend zu sein, doch weit gefehlt. Nicht alles im Leben ist so einfach, dass man es auf Ursache-Wirkung reduzieren kann. Der Mensch hat durch all sein Wissen immer die Qual der Wahl und wer sich die Qual ersparen will, der wählt immer den Weg des geringsten Widerstandes. So ist die Wirkung in vielen Fällen immer die gleiche. Die Ursache jedoch kann immer eine andere gewesen sein. Wer anderen eine Freude machen will (Ursache), der geht von diesem Prinzip aus. Er kauft ein schönes Geschenk (Aktion) und hofft auf ein fröhliches Lachen (Wirkung) und ein Dankeschön von der Gegenseite (Reaktion). Wenn man nun aber zum Beispiel Blumen kauft, gegen die der andere allergisch ist, sehen die Reaktion und die Wirkung ganz anders aus. Dieses kleine Beispiel zeigt genau, dass es unmöglich ist, sich unter Menschen immer nach diesem Prinzip zu richten. Der Mensch ist nun mal unberechenbar, im Gegensatz zur Physik. Auch die Welt, das werden unsere Physiker eines Tages einsehen müssen, wird nicht immer so ein, wie ihr Menschen sie heute seht. Es wird andere Zeiten geben, da bin ich mir sicher!

LOGIK

Nietzsche schrieb einmal sehr passend: *„Das logische Denken ist das Muster einer vollständigen Fiktion."* Er hatte damals schon erkannt, was heute nicht anders ist. Der Mensch lebt in einer ach so logischen Welt. Alles in der Natur basiert auf reiner logischer Mathematik und Physik. Es gibt nichts, was man nicht berechnen kann. Ihr seid stolz auf diese Fähigkeit. Ihr seid anders als Tiere, ihr könnt logisch überlegen und handeln.

Logik ist keineswegs der Nabel des Universums, sie spiegelt euch nur eure Sichtweise der Dinge wieder. Wenn ihr etwas für logisch erklärt, dann ist es das auch. Wenn ihr etwas als unlogisch definiert, dann scheint mir auch hier alles im Reinen zu sein. Es ist nicht sehr weit hergeholt, einem kleinen unwissenden Kind zu erklären, dass eins plus eins zwei ergibt, und dann später zu behaupten, das sei logisch. Dieses Kind wird sein Leben auf diese Aussage aufbauen und später, wenn es erwachsen ist, feststellen, wie recht die Erzieher damals hatten. Doch dieser Schein, der trügt nicht nur, er verdunkelt ganz und gar die Sicht auf die Dinge. Wer davon besessen ist, alles immer in Logik zu verpacken, der wird irgendwann sicherlich scheitern. Denn vor allem der Mensch ist ein ganz und gar unlogisches

Tier. Er ist alles andere als rational und berechenbar. Logik ist und bleibt nur ein Hilfsmittel zum scheinbaren Verständnis der Natur. Keineswegs ist es die Antwort auf alle Fragen. Ihr könnt nicht logisch erklären, was ihr nicht selbst geschaffen habt.

Jede Aussage, die man prüfen kann und die auch nach dem tausendsten Male als korrekt empfunden wird, wird am Ende als logisch abgestempelt. Dies führt dazu, dass ihr Menschen euch sehr leicht beeinflussen lasst von dieser Logik. Wenn jemand euch beschwört, dass es nur so sein kann, dann glaubt ihr das. Es ist ja schließlich logisch! Tritt nun auf einmal der umgekehrte Fall auf, scheint dies ganz und gar unlogisch zu sein und Verwirrung, Verzweiflung und Angst bekleiden eure Gesichter. Dies alles nur, weil die Welt doch so mathematisch perfekt aufgebaut scheint. Mathematik ist aber nur der Versuch, der Logik in eurem Leben einen Sinn zu geben. Verabschiedet euch von der Logik, ihr braucht sie nicht, um ein schönes Leben zu führen. Ihr braucht sie nur, um ein sicheres Gefühl zu haben, doch Gefühle sind halt immer nur eine Frage der Gedanken. Um zur Metapher des Hauses zurückzukommen: Logik ist das Dach dieses Hauses. Alles, was in dem Haus passiert, passiert unter dem Schutze der Logik!

ALLES ANDERE

Jede Etage und jedes Treppenhaus in diesem Haus spielt eine Rolle in eurem Leben. Es ist euer Kopf, der dieses Haus errichtet hat, und es sind eure Gedanken, die sich darin zurechtfinden und die, darin eingesperrt, arbeiten müssen. Ihr wollt frei sein, so reißt dieses Haus ein. Lasst eure Gedanken frei sein und vergesst die Vorstellung von allem. Die Grenzen, die ihr euch auferlegt, halten nicht andere von euch fern. Sie sperren euch selbst ein. Jeder einzelne Gedanke für sich hat eine Daseinsberechtigung und scheint er noch so verrückt, es kann nicht sein, dass man euch vorschreibt, wie und was ihr zu denken habt!

KAPITEL 8

VERGANGENHEIT

oder: Die Zukunft von damals

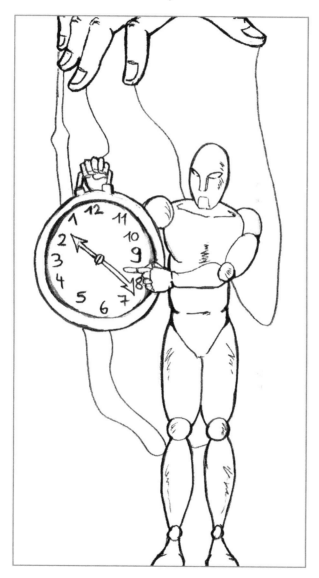

Wie so oft verläuft mein Leben viel zu schnell. Die Momente scheinen an mir vorbeizurasen und die Augenblicke sind so unklar und trübe, dass man kaum erkennt, wo man steht. Ich versuche, Halt zu finden und mich an dem Jetzt und Hier festzuhalten, ganz so als würde es kein Morgen geben. Ich verfluche ab und zu die Zeit, die hinter mir liegt, und warte gespannt auf die, die sich noch vor mir ausbreitet. Wird sie besser? Wird sie schlechter? Alles Fragen, die scheinbar keine Rolle spielen und doch meinen Kopf behausen wie ein Rudel Penner eine verlassene Hütte. Ich vermag gar nicht daran zu denken, wie jede einzelne meiner Taten mich zu dem machte, was ich heute bin. Jeder Gedanke formte mich zu dem, was nun hier liegt und auf ein Ende wartet.

Was war, was ist, und was je sein wird, alles habe ich zu verantworten und ich alleine trage die Schuld. Warum fliegen die Gedanken immer wieder zurück, so als ob es kein Morgen gäbe, und warum lebe ich nicht im Moment selbst, sondern plage mich mit den Einzelheiten der Zukunft. Ich versuche zu verstehen, warum alles so schön eingeteilt in Zeitabschnitte ist, und suche vergebens nach dem Abschnitt, der bessere Aussichten verspricht.

Ich lebe und lebe doch nicht!

ALLGEMEIN

Zeitlos wäre alles doch viel schöner. Ich kann nicht genau sagen, warum der Mensch unbedingt sein Leben einteilen musste, aber vieles fällt ihm dadurch wesentlich einfacher. Vor allem die Planung seines Lebens ist effektiver, wenn man genau weiß, „wann".

Der Mensch sehnt sich nach dem Vergangenen und hofft auf Besserung. Es scheint fast so, als sei allen unklar, dass sie weder im Gestern noch im Morgen leben, sondern im Hier und Jetzt. Es ist zwar immer nur ein kurzer Augenblick. Ein vergänglicher Moment, der vorbei ist, noch ehe man ihn bemerkt, doch es ist dieser Moment, in dem man lebt! Natürlich kann man nicht jede Sekunde darauf achten, den Moment zu genießen, doch sollte man sich schon ab und zu ein wenig Zeit nehmen und mal genau hinsehen, wie vergänglich das Leben doch sein kann. Schnell wird klar, dass Zeit doch keine Rolle im Leben spielt. Sie tat es nie!

ZEIT

Wenn ich euch jetzt in diesem Augenblick, in dem ihr diese Zeilen lest, fragen würde, wie spät es ist, so würden viele Augen zur nächsten Uhr blicken. Es ist wie verhext, der Mensch muss immer wissen, wie spät es ist. Eine Welt mit einem Alltag eingeteilt in 24 Stunden. Jede Stunde in 60 Minuten und jede Minute wiederum in 60 Sekunden. Die Einteilung geht noch weiter, aber belassen wir es hierbei. Alles kann ganz genau geplant werden. Jeder kann genau sagen, um wie viel Uhr er heute Morgen aufgestanden ist und wann er dies und jenes tat. Um wie viel Uhr er da und dort war und wann er dahin und dorthin geht. Und wenn es über den Tag hinausgeht, so gibt es größere Einteilungen. Tage, Wochen, Jahre, Jahrzehnte und so weiter, schnell kann man da den Überblick verlieren. Die Zeit ist die wohl wichtigste Waffe der menschlichen Rasse gegen den animalischen Trieb. Tiere haben kein Zeitgefühl. Ihnen ist es egal, wie viel Uhr es ist oder welcher Tag heute ist. Sie interessieren sich auch nicht dafür, was 74 Tage nach Weihnachten vor drei Jahren geschah. Sie kennen einfach keine Zeit! Der Mensch jedoch ist süchtig danach.

Viele Menschen, die mir im Laufe der Zeit begegneten, beklagten sich darüber, dass das Leben so schnell vorbei ist. Ja, es gab sogar schon Berechnungen, wie viele Tage ein Mensch im Durchschnitt zu leben hat. Das ist nicht nur fraglich, idiotisch, sondern auch einfach nur sinnlos. Es ist doch ganz klar, dass das Leben ein Ende hat. Zählt man nun auch noch die Tage, die einem bleiben, kommt es einem sicherlich als „zu schnell vorbei" vor. Die Zeit rennt und sie lässt sich weder stoppen noch zurückdrehen. Sie ist erbarmungslos und nimmt alles mit sich, was nicht von Dauer ist.

„Die Zeit heilt alle Wunden!" Manchmal höre ich diesen Satz und frage mich: „Wie zum Henker soll das gehen?" Der Körper kann eine Wunde heilen und ist sie seelischer Natur, so tut es der Verstand. Die Zeit aber hat sicherlich nicht die Finger im Spiel. Die Zeit ist nur da, damit ihr immer genau wisst, wann euch diese Wunde zugefügt wurde und wie lange dies schon her ist. Die Zeit hilft euch, die Wunde nicht zu vergessen, aber heilen tut sie sie nicht. Ein zeitloses Leben ist in eurer heutigen Gesellschaft kaum möglich. Es gilt Termine einzuhalten und Fristen zu befolgen. Ab und zu gönnt sich der Mensch dann doch eine Auszeit, um sich wenigstens für die Dauer des Urlaubes keine Gedanken um Zeit machen zu müssen. Leider misslingt ihm das sehr oft. Sogar im Urlaub dreht sich alles nur um Zeit.

Es hat den Anschein, als könne man Zeit besitzen. Viele Menschen hörte ich schon sagen: „Ich habe doch keine Zeit." Zeit ist in meinen Augen etwas Erfundenes, etwas, was man nicht einfach so kaufen und horten kann. Es ist etwas rein Fiktives. Wie also kann man behaupten, keine Zeit zu haben? Meist wird diese Aussage nur gebraucht, um nicht direkt zu sagen: „Ich habe keine Lust!" Es ist nicht fair anderen gegenüber, eine solch subtile Lüge zu benutzen, um sich aus einer Affäre rauszureden. Seid doch einfach ehrlich. Was soll schon

Großartiges passieren? Glaubt ihr im Ernst, ein Mensch sei so bescheuert, dass er nicht merkt, dass dies eine der ältesten Ausreden überhaupt ist? Sehr oft sogar dauern die darauf folgenden Diskussionen länger als die eigentliche Arbeit, die man leisten sollte.

Andere hörte ich sagen: „Zeit ist Geld". Diese Aussage ist mir auch schleierhaft. Sie deutet nämlich an, dass man, wenn man sehr reich ist, auch mehr Zeit hat. Warum sterben die Reichen dann genauso an Altersschwäche wie arme Menschen auch? Es gibt auch noch die Redewendung: „Nimm dir Zeit!" Wenn Zeit Geld ist, kann man sich dann einfach so Geld nehmen? Wenn ja, versteh ich nicht, dass es überhaupt noch arme Leute gibt. Gerade diese haben meist Zeit im Überfluss, doch mangelt es ihnen sehr stark an Geld.

Die Redewendung „Lass dir Zeit" ist auch sehr fragwürdig. Es scheint mir so, als wäre keinem wirklich bewusst, was Zeit ist. Komisch, dabei weiß doch jeder immer, wie spät es ist.

ZUKUNFT

Ich würde gerne da anfangen, wo ihr jetzt noch nicht seid: am Ende. Das Ende liegt aber noch vor euch. Es ist in dem unklaren Nebel der Zeit zu finden, den ihr als „Zukunft" kennt. Niemand kann sagen, was in dem Nebel zu sehen ist, und niemand weiß, ob er überhaupt irgendwann einmal in diesen Nebel eindringen kann. Die Zukunft ist faszinierend. Es werden viele Bücher über sie geschrieben und Tausende von Filmen über sie gedreht. Einige unter euch glauben, sie im Traum zu sehen, andere fürchten sich vor ihr. Ich weiß nicht, wann sie euch einholt, ich weiß auch nicht, wie sie aussehen mag, doch ich kann mit Sicherheit sagen, dass ihr eine Zukunft haben werdet. Der Witz dabei liegt nur darin, dass sie, wenn sie dann mal da ist, genau so schnell wieder weg ist. Kommt sie zu euch, wandelt sie sich in einen Moment und verschwindet dann für immer. Es macht also keinen Sinn, sich über sie Gedanken zu machen, denn es kommt eh immer alles anders, als erwartet.

GEGENWART

Das Hier und Jetzt. Der Moment, in dem ihr atmet. Der Augenblick, so schnell vorbei und doch so ewig. Ein kleiner Moment, in dem die Zeit stillsteht. Er ist ausschlaggebend für euer gesamtes Leben. Alles, was ihr tut, alles, was ihr denkt, und alles, was euch ausmacht, passiert immer nur in diesem Augenblick, den ihr Gegenwart nennt. Alles danach sind Zukunftsvisionen und alles davor ist Vergangenheit. In der Gegenwart spielt das Leben. Sie ist die Bühne, auf der ihr täglich eure Show vorführt.

Es plagen euch so viele Gedanken über alles Mögliche, dass es mir manchmal so vorkommt, als würdet ihr den Moment, in dem ihr wahrhaftig lebt, gar nicht erst bemerken. Er geht einfach in all den Gedanken unter und schwindet dahin, wie ein Blatt im Herbstwind. Dabei ist er so kostbar, dass man ihn nicht mit all dem Geld der Welt bezahlen könnte. Wollt ihr eine Entscheidung treffen, dann trefft sie jetzt. Wollt ihr leben, dann lebt jetzt. Wollt ihr weitermachen wie zuvor, dann lasst euch Zeit. Seht ihr, auch wenn alles kompliziert erscheint. Es ist doch so einfach. Es gilt, immer nur diesen einen Augenblick zu nutzen. Wer wartet, verpasst vielleicht die Chance seines Lebens. Wer zu viel nachdenkt, verliert sich wieder in Gedanken. Wer aber handelt und das tut, was er in dem Moment tun will, der wird sich wundern, wie lange die Zeit stillstehen kann, und wird erfahren, dass auch ein Augenblick eine Ewigkeit dauern kann. Lasst euch nicht beirren, starrt nicht auf die Uhr und denkt nicht zu lange über Konsequenzen nach. Der Moment ist zu schnell vorbei und kommt nie wieder, denn er versinkt wie alles andere im Meer der Vergangenheit und in diesem Meer schwimmen keine Fische, sondern nur noch Erinnerungen.

VERGANGENHEIT

Alles im Leben ist vergänglich. Seien es nun Dinge oder Gedanken. Nichts bleibt ewig. Ein jeder unter euch erinnert sich zum Teil sehr genau, zum Teil aber auch nur vage an Geschehnisse aus seiner Vergangenheit. Es kommt einem manchmal so vor, als sei es erst gestern gewesen, dass man seinen ersten Zahn verloren hat oder den ersten Kuss bekommen hat. Alles verschwindet in der Vergangenheit und übrig bleibt ein Gedanke.

Schaut bitte mal auf eine Uhr und folgt dem Sekundenzähler 30 Sekunden lang. Nachdem ihr das getan habt, habt ihr 30 Sekunden eures Leben dabei zugesehen, wie sie zur Vergangenheit wurden. Das ist schon erstaunlich, nicht wahr? Wie schnell so etwas geht und das ohne es wirklich mitzubekommen. Man macht sich ja auch nicht allzu sehr Gedanken darüber, wie die Sekunden in Vergangenheit übergehen. Viel mehr beschäftigt euch die Vergangenheit, die schon etwas weiter zurückliegt. Meist ist es die, in der ihr eine Erfahrung gemacht habt oder in der euch eine Wunde zugefügt wurde.

Die Vergangenheit hat aber auch andere Aspekte. Sie fasziniert die Menschen von jeher. Man nennt sie auch Geschichte. Die Geschichte gilt es zu studieren und zu verstehen. „Wer sich der Geschichte nicht erinnert, ist verdammt dazu, sie zu wiederholen." – George Santayana. Der Herr hat sich sicherlich etwas dabei gedacht, als er dies so schön formuliert hat. Für mich bedeutet es nichts anderes als: Wer nicht aus seinen Fehlern lernt, der macht die gleichen sicherlich noch einmal. Dies ist bei euch Menschen schon fast ein Volkssport. Jeder Zweite unter euch verdammt seine Vergangenheit und beweint die schweren Stunden, um später dann genau das Gleiche noch einmal zu durchleben.

Doch ihr haltet an der Vergangenheit fest, egal was passiert. Wenn sie euch noch so im Weg herumsteht. Es ist eure Vergangenheit und sie ist manchmal so tückisch, dass ihr die Zeit zurückdrehen wollt, um euren momentanen Standpunkt mit dem Wissen, das ihr jetzt habt, zu ändern. Einfach nur lachhaft diese Vorstellung. Warum etwas ändern wollen, was nicht mehr existiert? Warum nicht einfach die Gegenwart ändern. Das ist nicht nur möglich, sondern auch viel leichter.

Die gesamte Vergangenheit beruht nur auf Gedanken. Wer will, der kann sie ändern. Er muss sich nur vorstellen, es wäre damals anders gewesen, und schon war es damals so. Dies ändert aber nicht das Geringste an der Gegenwart.

Es kommt nicht selten vor, dass mir ein Mensch sagt: „Früher, vor zehn Jahren, da war alles besser." Meistens, zehn Jahre später, wiederholt er genau diesen Satz und ich kann nur lachen und sagen: „Wie recht du hast."

ERINNERUNGEN

Wenn es scheint, als würde euch nichts mehr bleiben, so bleiben euch immer noch Erinnerungen. In ihnen spiegelt sich euer Leben wider und sie haben euch zu dem gemacht, was ihr heute seid. Doch ist eine Erinnerung auch nur ein Gedanke und wie jeder Gedanke ist auch dieser veränderbar. So kommt es nicht selten vor, dass euch eure Erinnerungen einen Streich spielen und ihr denkt, Dinge erlebt zu haben, die niemals passiert sind. Dies kann so weit führen, dass ihr ganze Jahre eures Leben verfälscht.

Ihr unterscheidet, wie bei allem, zwischen guten und schlechten Erinnerungen. Zwischen denen, die euch ein Lächeln auf die Lippen zaubern, und denen, die euch jedes Mal eine Träne aus dem Tränenkanal locken. Dies ist nur ein kleines Beispiel dafür, wie mächtig ein Gedanke eigentlich sein kann. Denn wenn schon ein Gedanke alleine reicht, um eure Gemütsverfassung zu verändern, was passiert dann, wenn eine Erinnerung eine andere aufwirbelt? Eine solche Kettenreaktion lässt euch meist in tiefe Depressionen verfallen und das ist eine bloße Erinnerung nun wirklich nicht wert.

Es ist wirklich in Ordnung, dass der Mensch diese Fähigkeit besitzt, doch sollte er sich auch hier nicht allzu sehr daran festhalten. Nicht nur, dass Erinnerungen nur das Vergangene zeigen, sie sind ebenfalls vergänglich. Wenn es etwas gibt, was euch zu lange an eine Stelle fesselt, dann die Tatsache, immer wieder an Vergangenem festzuhalten. Mag sein, dass ihr schreckliche Kindheitserlebnisse als Erinnerung mit euch herumtragt oder dass die Erinnerung an das schöne, heile Gestern der einzige Lichtblick in einer düsteren Zeit ist, doch das Leben findet nun mal nicht damals statt. Es sind nicht Erinnerungen, die uns weitertreiben, es seid ihr selbst. Bewahrt eure Erinnerungen wie einen Schatz, doch schließt ihn genau wie einen solchen sicher ein, damit er euch nicht blendet. So ein Schatz kann sehr schnell sehr schwer werden und diese Last sollte niemand auf seinen Schultern durch sein Leben tragen müssen. Vergrabt ihn, doch vergesst niemals, wo er begraben liegt!

ERFAHRUNGEN

Während Erinnerungen nur Abbilder der Vergangenheit sind, gibt es noch weitere Gedanken, die euch zeigen, wie alles einmal war. Diese Gedanken nennt man Erfahrungen. Sie haben noch den Zusatz, dass sie sich aktiv an der Gegenwart beteiligen. Durch eine Erfahrung lernt man. Was man lernt, ist aber von Mensch zu Mensch verschieden. So kommt es nie vor, dass zwei Menschen in der gleichen Situation die gleiche Erfahrung davontragen.

Erfahrungen sind in der Regel etwas Positives, doch kommt es auch mal vor, dass eine Erfahrung einen Stillstand mit sich zieht. Wer gelernt hat, dass er durch bestimmte Handlungen nicht zum Ziel kommt, der wird es nicht wieder versuchen. Auf die Idee, es anders zu probieren, kommen die wenigsten. Meist ist es doch scheinbar sinnlos, etwas zu versuchen, was im Vorfeld schon gescheitert war. Dies lehrt euch die Erfahrung. So kommt es, dass der Mensch seinen Willen immer erst mit seiner Erfahrung abstimmen muss, ehe er etwas unternimmt. Meist kostet dies zu viel Zeit und der richtige Moment wird einfach verpasst.

Wenn ein kleines Kind seine Hände auf die warme Kochplatte legt, so lernt es, dies wahrscheinlich sein Leben lang zu vermeiden. Es war eine schmerzhafte Erfahrung und sie dient natürlich dem Selbsterhalt der eigenen Person. Wenn ein Erwachsener das tut, so kann es vorkommen, dass dieser nicht diese Erfahrung macht, er regt sich zwar sehr auf und beschimpft seine eigene Tollpatschigkeit, aber er wird niemals, im Gegensatz zum Kind, genau darauf achten, diesen Fehler nicht noch einmal zu begehen. So passiert es, dass er sich hin und wieder die Finger verbrennt. Warum lernen Kinder schneller als Erwachsene? Ein Kind hat noch nicht so viele Erfahrungen gemacht und ist in seiner Weltsicht auch noch nicht so stur, wie es ein Ausgewachsener ist. Das Kind weiß also nicht, dass viele Dinge nicht so schlimm sind, wie sie anfangs scheinen. Deshalb werden viele Dinge nach einem schlechten Erlebnis gemieden. Dies ist unter anderem auch ein Grund für später aufkommende Ängste. Die schlechte Erfahrung zusammen mit dem Wissen, was ihr im Laufe der Zeit aufsammelt, führt in einer primitiven Denkweise stets zu einer Angst.

Es wird allerhöchste Zeit, alle eure Erfahrungen noch einmal zu überdenken. Man kann die eine oder andere sicherlich auf dem Sperrmüll entsorgen und Platz schaffen für eine neue. Diese bringt am Ende vielleicht auch mehr als die alte. Denn Neues ist doch immer besser!

ALLES ANDERE

Die Grundaussage dieses Kapitels lautet: „Wer leben will, sollte das im Augenblick tun!" Es bringt nichts, sich in Vergangenem zu vergraben und auf bessere Zeiten zu hoffen. Das Leben ist nicht kurz und es ist auch nicht lang. Es ist genau so, wie man es sich schafft. Wer sich immer nur von Zeit abhängig macht, der wird schnell merken, dass Zeit ein sehr skrupelloser Mitspieler ist und niemals verliert. Die Zeit ist eine Krankheit, an der noch jeder gestorben ist. Die Vergangenheit sollte man ruhen lassen und sich ihrer erinnern. Erinnerungen sollte man ansehen können, ohne dabei bestimmte Erwartungen und Gefühle zu haben. Der Moment selbst ist zu kurz, um sich mit

Gedanken aus verlorener Zeit zu plagen. Die Zukunft ist das, was vorbei ist, noch ehe man bemerkt hat, dass sie einen eingeholt hat.

Es ist ganz egal, wie spät es ist. Es ist egal, welches Jahr ihr schreibt. Es ist egal, wie viel Zeit euch noch bleibt. Alles scheint an Sinn zu verlieren und nichts scheint übrig zu bleiben. Es kommt euch auf einmal so vor, als wäre die Welt ein Spielplatz, der seit Ewigkeiten nicht mehr renoviert wurde. Ihr habt dann den Moment erreicht, da man lernen sollte zu sterben.

KAPITEL 9

EINSICHT

oder: Wer verstehen will, muss sterben lernen

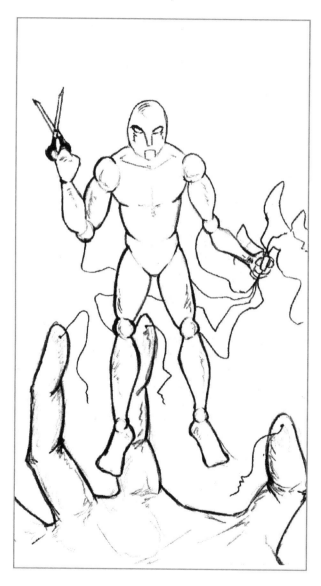

Ich saß in einer kleinen Ecke und wartet den Rest meines Lebens auf ein Ende. Ein Ende, das mir hoffentlich einen neuen, schöneren Anfang schenkte. Ich wollte nicht mehr. Ich konnte nicht mehr mit ansehen, wie alles um mich herum in diesem Einheitsbrei versank. Ich musste dauernd daran denken, wie man mich gelehrt hat zu sein. Ich glaubte fest an dieses Ende und musste feststellen, dass es sehr lange auf sich warten ließ. Nun war es endlich vorbei. Ich starb! Ich sah nur noch Dunkelheit und Leere. Ein Haufen von nichts und keine schöne neue Welt am Horizont. Ich wusste, dass es niemals besser werden würde als jetzt. Da kam ein Lichtschimmer an mich heran und bat mich, ihm zu folgen. Er zeigte mir einen Pinsel und einen Eimer mit Farbe. Er bat mich, die schwarzen Wände neu anzumalen. „Ich kann doch überhaupt nichts sehen", sprach ich zu ihm, doch er lachte nur und verschwand wieder. Ich legte den Pinsel hin und war verwirrt über dieses Geschehnis. Was wollte dieser Schimmer mir mitteilen? Warum sollte ich die Dunkelheit mit Farbe füllen? Nach ewigen Stunden des Nachdenkens ergriff ich den Pinsel und fing an ins Leere zu malen. Ich traute meinen Augen kaum, als plötzlich eine neue Welt sich mir offenbarte. Eine Welt, die ich selbst erschaffen habe und nach Belieben anpinseln konnte. Eine Welt, die so war, wie ich es wollte. Den Schimmer habe ich nie wieder gesehen.

ALLGEMEIN

Wenn ich vom Sterben rede, meine ich natürlich nicht, wirklich den Löffel abzugeben. Es ist viel mehr im übertragenen Sinne gemeint. Der Mensch, der seine Menschlichkeit und sein gesamtes Weltbild verliert, der stirbt innerlich. Ihr spürt dieses Gefühl im Kleinen immer dann, wenn ihr etwas euch sehr Nahestehendes und Wichtiges verliert. Man sagt ja: „Es kam mir vor, als wäre ein Teil von mir gestorben!"

Um den Schritt vom Menschen zum Neomaten zu wagen, reicht es vorne und hinten nicht, wenn nur ein „Teil" stirbt. Die ganze Person sollte ausgelöscht werden. Alles, was euch ausmacht, alle Prinzipien, Glaubenssätze, eure ganze Identität, euer Selbstbild, einfach alles! Wenn das geschafft ist, dann ist der Weg frei. Dann kann man von vorne beginnen und sich ein neues Leben einrichten. Man kann alle Dinge so schaffen, wie man es gerne möchte. Halt eben so, wie man ein Bild auf einem weißen Blatt Papier malt. Was ihr malen wollt und welche Farben ihr benutzt, ist komplett euch überlassen. Am Ende zählt nicht, ob den anderen das Bild zusagt, sondern nur, dass es euch gefällt. Natürlich ist dieser Schritt zur kompletten Auslöschung alles andere als leicht. Es kostet Überwindung und eine große Portion Willen und Bereitschaft.

Wer schlussendlich am Ziel angelangt ist, der kann sich nach Belieben immer wieder sterben lassen. Das ist das ganze Können eines Neomaten.

ZUSAMMENHÄNGE

Wer es bis jetzt noch nicht verstanden hat, sollte das Buch in aller Ruhe noch einmal durchlesen. Es zählt nicht jedes Kapitel für sich genommen, sondern alle hängen zusammen. Der Mensch besteht nicht aus Gefühlen allein und sein Alltag ist nicht das Einzige in seinem Leben. Alle Kapitel zusammen machen einen Menschen aus. Sein Leben, sein Alltag, sein starres Denken, seine Gefühle, seine Ängste, sein Glauben, seine Grenzen und seine Zeit, dies alles trägt dazu bei, dass der Mensch so ist, wie er sich heute dieser Welt zeigt. Er versucht, die Welt zu verstehen, und hat dabei komplett vergessen, auf sich selbst zu achten. Die Natur zum Spielplatz gemacht und den Tieren den Krieg erklärt, so lebt er all die Jahre als selbst ernannte Krone der Schöpfung.

Es wird Zeit, dass ihr all diese Zusammenhänge erkennt. Jeder Augenblick in eurem Leben ist ein Gedanke. Alles, was ihr mit euren fünf Sinnen wahrnehmen könnt, entspringt der Welt, doch die Bedeutungen entspringen euren Köpfen. Eine Blume ist nur eine Blume, weil ihr sie so nennt. Es spielt keine Rolle, ob sie grün, rot oder pink ist. Es ist reine Definitionssache. Der Geruch kann genauso schön wie auch ekelerregend sein. Die Schönheit liegt im Auge des Betrachters und die damit verbundenen Erinnerungen sind, genau wie die Blume selbst, vergänglich.

Wörter haben eine große Macht. Sie helfen nicht nur beim gegenseitigen Verständnis, der zwischenmenschlichen Kommunikation und der Zuordnung aller Dinge, sie haben auch einen Wert. Dieser Wert variiert von Kopf zu Kopf. So kommt es, dass Menschen oftmals in Konflikte geraten, nur weil die Werte der ausgesprochenen Wörter nicht identisch sind. Schlimm ist diese Tatsache oftmals bei Beleidigungen. Während der eine einer Beleidigung gar keinen Wert zumisst und sie einfach im Raum stehen lässt, kann es sein, dass der andere anfängt, vor Wut zu kochen. Ich bitte euch, diese Sachlage genauestens zu überdenken. Benutzt Wörter nur als eine Art Hilfsmittel und schenkt ihnen nicht auch noch einen Wert. Denn sobald Werte im Spiel sind, sind es auch Erinnerungen, Gefühle, Ängste, Meinungen und Ansichten.

Ein kleines Beispiel: Macht euch bitte mal Gedanken um das Wort „Liebe". Schreibt einmal alles auf, was euch dazu einfällt. Tut dies für euch alleine und listet alle Assoziationen auf, die euch in dem Moment durch den Kopf gehen.

Erstaunlich, nicht wahr? Ein so kleines Wort, bestehend aus fünf Buchstaben, trägt so viele Gedanken mit sich rum. Es ist und bleibt aber nur ein Wort. Die gesamten Zusammenhänge haben nicht das Geringste mit diesem Wort zu tun. Sie sind lediglich ein Resultat eurer starren Denkweise.

DER ERSTE SCHRITT

Wie bereits gesagt, ist der erste Schritt der schwierigste. Sich wirklich von allem zu lösen, scheint im ersten Augenblick einfach unmöglich. Auch ich habe es nicht über Nacht geschafft, meine menschliche Seite einfach unter den Teppich zu kehren, und ich erwische mich heute noch dabei, wie eine total überflüssige menschliche Seite bei mir zum Vorschein kommt. Ich muss dann jedes Mal lachen und denke mir: „Gerade du müsstest es besser wissen!" Doch es ist die sprichwörtliche Macht der Gewohnheit. Wie lange lebt man unter Menschen und ist von Kindheit an nur diesen Alltag gewöhnt. Es ist fast so wie mit dem Rauchen, eine Sucht wird man auch nicht von heute auf morgen los. Es kostet Zeit und Überwindung.

Fangt mit banalen Dingen an, fragt euch zum Beispiel, warum ein Baum gerade Baum genannt wird und warum in anderen Sprachen dafür ein anderes Wort benutzt wird. Geht dann hin und beobachtet andere Menschen, fragt euch, warum sie so reagieren, wie sie es in den jeweiligen Situationen tun, und fragt euch dann, wie ihr reagiert hättet. Am Ende fragt ihr euch dann einfach, „warum".

Das ist der einfachste, aber auch zeitaufwendigste Weg: Hinterfragt alles und ist es noch so selbstverständlich, hinterfragt es! Das Problem bei dieser Methode ist, dass der Mensch ganz schnell die Lust daran verliert, weil er anfangs keinen Sinn darin sieht. Warum sollte man sich fragen, warum Wasser durchsichtig ist. Diese Frage alleine ist schon merkwürdig. Es kommt dabei nicht darauf an, die eigentliche und scheinbar logischere Antwort zu suchen, beispielsweise in der Physik. Es kommt vielmehr darauf an, die Wörter zu hinterfragen. Man könnte ja auch sagen, das Wasser sei blind. Ergibt keinen Sinn, aber sagen kann man es.

Der Fehler liegt also ganz klar in der Sinnsuche. Die Suche nach dem Sinn beschäftigt den Menschen seit Anbeginn seiner Zeit. Viele Tausende von Philosophen fragten schon nach dem Sinn des Lebens. Hätte nur damals einer ihnen gesagt, dass das Leben überhaupt keinen Sinn hat, wäre dem Menschen wohl viel Kopfweh erspart geblieben. Nichts auf dieser Welt hat einen Sinn. Der Mensch alleine legt den Sinn in allem fest und diesen neu zu definieren, heißt umzudenken. Sich eine neue Denkweise anzueignen, ist schwieriger, als seiner Katze das Bellen beizubringen. Doch im Gegensatz dazu ist es tatsächlich möglich. Ihr müsst euch von dieser starren zweidimensionalen Denkweise verabschieden. Es dreht sich nicht alles im Kreis und nichts hat nur eine Kehrseite. Die Bezeichnung „Baum" kann man für alles Mögliche verwenden. Man muss es nur wollen.

Darin liegt nun auch das zweite Problem. Wer anfängt, einen Stuhl Baum zu nennen, der wird wohl so bald wie möglich in der nächsten Irrenanstalt landen. Wie bereis erwähnt, helfen Wörter bei der Kommunikation. Sollte man sich also mit anderen unterhalten wollen, sollte man schon darauf achten, die Dinge so zu nennen, wie andere sie kennen.

Der Schritt zum Neomaten ist ein Schritt, den man für sich selbst und für sich alleine tut. Es zählen nur die eigenen Gedanken und das eigene Leben. Wer unter anderen leben und verweilen will, der muss sich anpassen, genau so, wie wir es tun. Bedenkt: „Ein vollkommenes Leben ist die Summe vieler kleiner Unvollkommenheiten!"

ALLES ANDERE

Die Menschlichkeit ist der Asphalt für die Straße zur Besserung. Sie hilft beim Weiterkommen, doch führt sie nur bis ans Ziel heran. Nicht über das Ziel hinaus. Auf diesem Weg begleiten euch eure Illusion der Wirklichkeit und all die Dinge, die euch zum Erhalt des Scheins als notwendig vorkommen. Eine recht einfache, doch unbeirrbare Denkweise lehrt euch, ein Leben im Binärsystem zu führen. Eingehüllt in die Summe aller Gedanken geht ihr diesen langen Weg voller Unwissenheit. Diese manifestiert sich tief in eurem Unterbewusstsein und hilft anderen Gedanken, euch an euer inneres Ich zu fesseln. Zurückblickend auf die Zukunft von damals, wollt ihr nicht verstehen, wie man sterben lernen kann.

KAPITEL 10

LETZTE WORTE

oder: Das Ende schwarz auf weiß

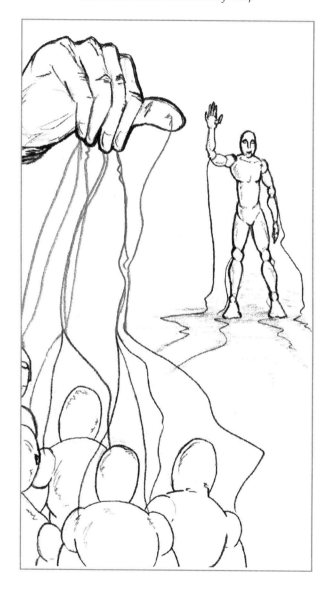

Nun stehe ich hier an der Schwelle zu einem neuen Leben und blicke lächelnd zurück. Alle Dinge scheinen mir nun nicht mehr von Bedeutung zu sein und alles, was gesagt und getan wurde, scheint mir jetzt so unwichtig. Ich halte noch einen kleinen Moment inne und atme tief ein und tief aus. Ich bin auf der Spitze des Berges angelangt und höre hier schon die Stimmen all jener, die mich anbeten und feiern. Es ist nur ein kleiner Schritt nach vorne, der mich zum Gipfel bringt und mich über die Welt sehen lässt. Das Dach der Welt scheint mein neues Zuhause und ich bin froh, all diese harten und schweren Wege gegangen zu sein. Viele Steine musste ich wegräumen und viele tausend Kilometer einsam zurücklegen. Niemand stand mir zur Seite und niemand hätte es verstanden. Doch jetzt ist alles aus und vorbei. Mein Leben am Wendepunkt und alles, was fehlt, ist dieser letzte Schritt. Ich wage es. Stille kehrt ein und übrig bleibt das Geräusch des Windes, wie er an meinen Ohren vorbeisaust. Ein wunderschönes Geräusch, wenn auch nur für die Dauer des Augenblickes. Ich fange an, Stimmen zu hören, und von überall her scheinen Leute mit mir zu reden. Ich verstehe kein einziges Wort. Alle reden gleichzeitig und durcheinander. Ein absolutes Chaos in meinem Kopf macht mir dann klar, dass ich mich geirrt habe. Ich bin noch nicht am Ende, ich stehe erst am Anfang. Erst wenn das letzte Wort gesprochen ist, merkt man, wie viel man noch zu sagen hat.

DIE (VOR)LETZTEN WORTE

Es ist keineswegs meine Absicht, euch Menschen zu verurteilen. Ich habe hier nur das geschrieben, was ich denke und wie ich die Dinge sehe. Viele sind sicherlich anderer Meinung und finden es vielleicht zu weit hergeholt. Mag sein, dass ich manchmal nicht genau beschreiben konnte, was ich auszudrücken versuchte, doch auch ich bin geprägt durch ein Leben unter euch. Es ist sehr einfach zu behaupten, anders zu sein. Am Ende kommt es darauf an, es auch beweisen zu können. Gerade dies ist mir nicht möglich, da ich, um es zu beweisen, erst verstanden werden muss. Vielleicht hat das Buch dem einen oder anderen geholfen, einige Dinge aus einem neuen Blickwinkel zu betrachten. Es liegt letztendlich nur bei euch. Ich habe mein Bestes versucht und bin zuversichtlich, dass dieser Baum Früchte tragen wird.

Des Weiteren möchte ich noch darauf hinweisen, dass es unter Umständen jemandem aufgefallen sein mag, dass das Prinzip des Neomaten dem des Übermenschen von F. W. Nietzsche gleichkommt. Hier mögen sehr wohl einige Parallelen zu sehen sein, doch möchte ich betonen, dass der Neomat nichts mit dem Übermenschen zu tun hat. Auch wenn der Herr Nietzsche damals schon fantastische Ideen aufbrachte, so sieht man doch nach all den Jahren, was es der Menschheit gebracht hat. Sie ist immer noch auf dem gleichen Punkt. Nur die Technik hat sich weiterentwickelt.

DANKE

An letzter Stelle dieses Buches will ich mich einmal von ganzem Herzen bei der gesamten Menschheit bedanken. Ohne euch wäre der Schritt zum Neomaten gar nicht erst möglich gewesen. Ihr seid trotz all eurer Fehler und Macken, all eurer Sitten und Kulturen doch die mit Abstand faszinierendste Schöpfung der Welt. Ich mag euch sehr, auch wenn ich manchmal vielleicht nicht den Eindruck hinterlassen habe.

Doch unter allen Menschen möchte ich ganz besonders meiner Familie, meinen Eltern danken. Ich bedanke mich für all die schönen Jahre und die gute Erziehung, die ich genießen durfte. Mir ist wohl klar, dass dies in eurer Welt nicht selbstverständlich ist.

Außerdem gibt es da noch ein paar wenige ganz besondere Menschen in meinem Umfeld, denen auch ein Riesendank gebührt: meinen Freunden. Ich danke auch euch, dass ihr mir immer zur Seite gestanden seid. Ihr seid so besonders, gerade weil ihr so menschlich seid. Mir ist erst sehr spät klar geworden, dass es komplett egal ist, welche Denkweise man besitzt, wenn man solche Freunde wie euch hat.

Danke!

...EURS MIA ΚΑΡΔΙΑ ΓΙΑ ΣΥΓΓΡΑΦΕΙΣ UN CUORE PER AUTORI ET HJERTE FOR FORFATTERE E
...INK RT SERCE DLA AUTORÓW EIN HERZ FÜR AUTOREN A HEART FOR AUTHORS Á L'ÉCOUT
...OR FORFATTARE UN CORAZÓN POR LOS AUTORES YAZARLARIMIZA GÖNÜL VERELIM SZÍVÜNKE
...E SCHRIJVERS TEMOS OS AUTORES NO CORAÇÃO ВСЕЙ ДУШОЙ К АВТОРАМ ETT HJÄRTA
...URS MIA ΚΑΡΔΙΑ ΓΙΑ ΣΥΓΓΡΑΦΕΙΣ UN CUORE PER AUTORI ET HJERTE FOR FORFATTERE EEN
...OT SERCE DLA AUTORÓW EIN HERZ FÜR AUTOREN A HEART FOR AUTHORS Á L'ÉCOUTE DE
...R SCHRIJVERS...OS A...CORAÇÃO ВСЕЙ ДУШОЙ К АВТОРАМ ETT HJÄRTA
...MIA ΣΥΓΓΡΑΦ...RE PER AUTORI ET HJERTE FOR FORFATTERE EEN

Der Autor

Marco Ivelj wurde 1985 in Luxemburg geboren und ist derzeit Student der Psychologie. „Neomat – Wer verstehen will, muss sterben lernen!" ist sein Debütroman.

Der Verlag

Der im österreichischen Neckenmarkt beheimatete, einzigartige und mehrfach prämierte Verlag konzentriert sich speziell auf die Gruppe der Erstautoren.

Die Bücher bilden ein breites Spektrum der aktuellen Literaturszene ab und werden in den Ländern Deutschland, Österreich, Schweiz und Ungarn publiziert.

Das Verlagsprogramm steht für aktuelle Entwicklungen am Buchmarkt und spricht breite Leserschichten an.

Jedes Buch und jeder Autor werden herzlich von den Verlagsmitarbeitern betreut und entwickelt.

Mit der Reihe „Schüler gestalten selbst ihr Buch" betreibt der Verlag eine erfolgreiche Lese- und Schreibförderung.

Manuskripte herzlich willkommen!

novum publishing gmbh
Rathausgasse 73 · A-7311 Neckenmarkt
Tel: +43 2610 431 11 · Fax: +43 2610 431 11 28
Internet: office@novumpro.com · www.novumpro.com

AUSTRIA · GERMANY · HUNGARY · SPAIN · SWITZERLAND